U0508053

# 随风远去的记忆

岑其 著

陕西新华出版
太白文艺出版社

# 图书在版编目（ＣＩＰ）数据

随风远去的记忆 / 岑其著． -- 西安：太白文艺出
版社，2024.1
ISBN 978-7-5513-2476-2

Ⅰ．①随… Ⅱ．①岑… Ⅲ．①诗集－中国－当代②散
文集－中国－当代 Ⅳ．① I217.2

中国国家版本馆CIP数据核字（2023）第 185753 号

## 随风远去的记忆
**SUIFENG YUANQU DE JIYI**

作　　者　岑　其
责任编辑　葛晓帅
封面设计　王　正
版式设计　杨　桃
出版发行　太白文艺出版社
经　　销　新华书店
印　　刷　四川科德彩色数码科技有限公司
开　　本　880mm×1230mm　1/32
字　　数　170千字
印　　张　15
版　　次　2024年1月第1版
印　　次　2024年1月第1次印刷
书　　号　ISBN 978-7-5513-2476-2
定　　价　89.00 元

联系电话：029-81206800
出版社地址：西安市曲江新区登高路1388号（邮编：710061）
营销中心电话：029-87277748 029-87217872

杜甫《登高》诗意图　136cm×68cm

断送一生憔悴 只消几个黄昏

赵令畤清平乐词句 壬寅初夏 苦生

赵令畤词意图　94cm×50cm

牡丹　138cm×58cm

惊天高风落　　67.5cm×43.5cm

竹溪六逸图　170cm×92.5cm

杜甫诗意图　67cm×43cm

满身苍翠惊高风　67cm×43cm

江湖满地一渔翁

杜甫诗秋兴八首首句壬京十月於愚溪 安慧

杜甫《秋兴八首》诗意图　67cm×43cm

# 序

"自笑半生云水间，云水归处心自闲。非梦非醒花沾衣，踏云乘风载月还。儒手开篇沧海日，白头举首千山雪。身披翠壁坐林秋，心存寥廓抱江川。"这是岑其的一首题为《梦里云水，畅怀咏之》的仿古诗，写于2022年11月11日凌晨2点33分，刚刚一梦醒来之时。已是初冬时节，身处外乡的岑其在疲倦中睡去，又忽地醒来。他在半睡半醒中起床，拧开台灯，拈茎冥思，习惯性地在纸上书写涂改。他回想着半生艺术和情感经历，体悟自己此时的心态与古人的相通之处，不由得唏嘘不已。作为一位多愁善感的诗人和画家，夜深人静之时，独拥被，涌上这样的心绪，触发这样的艺术灵感，是顺理成章的。

从少年时代起，岑其负笈离家，先是遍访名师，而后又在多地驻扎，沉醉山水，埋首作画，这样的日子过了一年又一年。在漫长的艺术和人生追求道路上，岑其究竟有过什么样的遭遇，其间又有哪些重要的时间节点，对他的艺术创作和人生奋斗起到了什么样的作用，倘若要细细回忆、一一还原，显然是一件并不容易的事。岑其虽非寡言之人，性情也较豁达，但平时在交往交谈中，极少系统性地忆及少年、青年和中年各个年龄阶段的具体经历、重大事件、让他铭心刻骨的事情，与人聊天，有关艺术创作、古画古诗及古人魅力、新近的创作打算，相对聊得较多，而一旦说起个人经历之类，就会有意无意地岔开话题。这并不是他的经历过于平淡，无话可说，更不是他在人生历程中有着什么见不得人的事情，而只是他并不愿意让自己先前的艰难和眼下的辉煌成为谈话的热点，淡泊是成功后的他一再显露的个性。

好在岑其已经写下这么多诗，仿古诗和自由诗，山水诗和题赠诗，当然还有数量繁多的洋溢着情感的诗作，关于家乡，关于以往，关于爱情，关于孤独，关于对未来的期待，以及对衰老的恐惧。近40年的诗歌创作，从未间断，无意间留下了他人生轨迹的记录，几乎人生每个阶段的起起落落，情感历程中的内心纠葛，在这些诗作中都得以真实地记录。当我们打开他迄今所出版的

30多部诗集，在标题中揣摩，在诗行中寻访，甚至在时间落款上分析，即可获知他各个年份、各个阶段的风霜雨雪、酸甜苦辣，以及在桃花流水的日子里，对真情的渴求。一首首诗成了他别样的日记，每晚入睡之前的诗歌创作宛如对当天生活的记述。从某种意义上说，这正是他大量诗歌作品的另一个重要作用。

"群山四面环，一城三水分。夕阳红欲尽，半岸灯初明。晚风披荷香，新月洗客尘。花枝摇疏影，竹阴栖野禽。"（《南城忆》）这首仿古诗写于2022年8月2日晚上9时，岑其在江西南城之时。在南城居住过的他，对这里无疑是熟悉的，但作为一名客人再次前来，傍晚时分独自站在下榻处的露台，静静地环视四周，这份独享却是先前没有的。小城偏居一隅，却有着独特的城郭，群山相合，城被水分，目睹夕阳渐渐沉入西山，半月缓缓上升，他的身心完全沉浸在这异乡的安谧之中，愿意在这充满野趣、清静自在的地方寄托自己的余生。类似这样的心绪充盈在岑其的多首诗作中，并不是他为赋新诗强作愁，而是进入中年后他常有的心态。经受过无数喧嚣的日子，他需要的只是恬静、淡泊的生活，与他的画、他的诗一起，融入一片苍茫无垠的山水。"巴山秋云薄，层林染新红。气清无俗物，身轻心亦空。"（《巴山秋行》）白帝城、婺源、三清山、巫峡、庐山、衡阳、天姥山……2022年的岑其似乎一直在行走中，无论是初次抵达还是再次来临，他都会被这青山绿水所征服，都会被当地的人文历史景观所吸摄，情不自禁地写下行行诗句。他的感叹、伤怀和赞美、希冀，都必须与瑰丽神妙的山水景物相融合，才能淋漓尽致地呈现。

岑其是个"喜欢做梦"的人，这个"做梦"指的是他常以诗句的表达方式，叙述他乘着梦的翅膀，远赴某处他神往的山水，或者穿越时空拜谒古人，从中获得启迪。现实生活中一时无法实现的心愿，借助于心灵骋游和艺术想象，至少能在脑海中和文字上化为现实。岑其属于敏感型性格的人，偶遇的一个小小细节都会触发他的一番感叹，眼前物事也常常会勾起他的回忆，乃至追溯历史，把想象空间延伸得很远，如同做梦般恍恍惚惚。然而，正是这个不时会陷入"梦境"的禀性，有效拓宽了他的文思境界，也使他的诗风和画风显得深沉。"千生觉来尘世梦，一念洗尽莲花开。写得云山放鹤去，自画心路踏月来。"（《午夜梦醒有所念》）总是觉得自己与古人的心灵是相通的，自己的诗画承继古意，努力延续古人未竟的创作，这绝非一种虚妄，而是多年来的心灵和艺术修炼所带来的结果。只要通往"梦境"的道路是畅通的，与古人的交流没有停止，对未来始终怀有火热的希冀，他的艺术追求就不会终止，艺术灵感就不会枯竭，好作品也定会源源不绝。

是为序。

孙侃

2023 年 5 月 28 日于杭州復和居

孙侃，已出版长篇报告文学、人文历史随笔、散文集等近 50 部。现居杭州。

# 目 录
Contents

◆ 千 里 乡 关

◆ 画 楼 夜 吟

◆ 长 夜 听 雨

◆ 春 去 秋 回

◆ 追寻诗圣

◆ 半 生 旧 梦

## ◆ 晨访暮拜

## ◆ 题 画 杂 咏

# 千里乡关

# 春雨夜作思乡图

春风入帘雨入花，淡淡灯火两三家。

客楼无句更无梦，思乡情绪满天涯。

2022 年 2 月 10 日清晨 6 点。

# 客居

入山春初深，转身抱晚秋。

长梦寂不开，乡魂孤难收。

2022 年 4 月 7 日凌晨 2 点 43 分。

# 望月

禅心不空相，处处扫花香。

知无尘世恋，明月挂故乡。

2022 年 5 月 2 日下午 5 点 15 分。

# 近端午

倦旅当楼风自寒，问月终宜报平安。

钱塘①不舍归梦处，多少浪花忆当年。

2022 年 6 月 2 日凌晨 1 点 22 分。明天端午节，客住婺源即成。

①钱塘：钱塘江入海处就是我的家乡。

# 乡愁

夏愁怎了

夏梦如织

一片绽放和凋谢的缠绵

短暂得来不及问候

更来不及告别

是尘寰误落

还是所有的路只是归途

花枝影犹　背影如旧

一池轻曼的零乱

如果昂首很累　就选择低头

如果绽放很累　就选择等候

如果高尚很累　就选择平凡

如果长夜很黑　就在心里留一束光

我以我心溅起的浪花

我以我血染红的夕阳

我以孤独坚守的今生

我以付出安放的灵魂

我以我前生今世的所有记忆

浓缩成一个词

乡愁

2022 年 7 月 12 日夜于黎川古镇。

# 中秋思归

雁过天地空，帆留明月悬。

可怜又中秋，客心满乡愁。

风冷芙蓉泪，露白芦花头。

眼望家山<sup>①</sup>远，思复重江州。

2022年9月10日清晨5点8分，作《秋月归雁图》，即题以抒怀也。

①家山：家乡的山。

# 中秋抒怀（一）

快意临风凉，杯邀秋月明。

照亮天涯路，温暖万家心。

2022 年 9 月 10 日，中秋节午夜。

# 中秋抒怀（二）

千古明月千古情，万家团圆万家灯。

今以盛世著华章，金秋胜却武陵春。

2022 年 9 月 11 日凌晨 3 点 50 分，窗外明月正圆。

# 秋梦

依依别绪明月共，旧雁一声空目送。

又是当年长亭桥，几番相望入秋梦。

2022 年 9 月 12 日午夜 0 点 23 分画余即兴。

# 中秋夜·孤影

客楼孤影两愁眉，容易西风叹流年。

最是清秋多情月，今夜殷勤挂窗前。

2022 年 9 月 12 日凌晨 3 点画余偶成。

# 中秋夜·孤望

客楼风起五更寒，满庭落叶疑人归。

莫道清秋无情月，今夜依旧挂窗前。

　　2022年9月12日凌晨3点29分画《秋夜孤望图》得此，记于金海楼灯下。

## 中秋夜·独思

物色看花愁时节，此情最伤中秋别。

为谁长向画楼月，中年滋味思依然。

2022 年 9 月 12 日凌晨 4 点 35 分画余即成。

## 秋寻（一）

日落雁自飞，空向远山寻。

何处添乡愁，月下归棹声。

2022 年 9 月 16 日清晨 5 点 20 分。

# 过云阳作《秋江归棹图》

峰高雁过稀，岩危枫已秋。

落日留客好，一棹满乡愁。

2022 年 9 月 21 日晚上 9 点 40 分。

# 感昔

感昔望南国，花雨浸几词。

月归送人处，叶落尽别时。

遥忆失独语，消息安可知。

柳烟织旅愁，雁断<sup>①</sup>折南枝<sup>②</sup>。

2022 年 10 月 16 日晚上 7 点 40 分。

①雁断：南飞的雁消失不见。
②折南枝：古人习俗。旅居北方的游子归乡，送行者折柳送别，会折那些向南生长的柳条相赠。

# 朗月万家心

破空千秋月，朗朗开混沌。

华光耀山河，照亮万家心。

2022 年 11 月 8 日（农历十月十五）午夜 12 点，皓月当空，抒怀。

# 起向乡关秋

起向晚秋思重重，催人岁月鬓上风。

千里乡关应无恙，正是花①香树②又红。

2022 年 11 月 11 日凌晨 3 点 40 分。

①花：指家乡的桂花。

②树：枫树。

# 久游

故国苍山远，钱塘入梦深。

孤舟三秋寒，独吟一灯冷。

久游力渐衰，拒霜尽乡心。①

对坐丹青里，览月峨眉顶。

挂帆横东海，踏雪下西岭。

余生归何处，扫花拂青冥。②

2022年11月12日午夜0点30分，天气渐寒，客舍无眠，得此，聊以抒怀也。

①拒：承受；霜：苦难、挫折。此句全句的意思是：承受人生旅途中的苦难和沧桑，只为乡人献出一片爱心。

②青冥：青天，这里指天地之间。扫花以拂天地之灵气，乃壮我之气象。

# 秋望以怀

归心渐浓望秋深，天涯坐对一孤灯。

五十梦沉怀故土，难忘十里旧草亭。

2022 年 11 月 12 日凌晨 3 点 33 分，梦间偶成。

# 别望

在夕阳下

为了每一次送别

孤雁总是把带不走的云留下

想告诉我它的故乡在哪里

2022 年 11 月 14 日凌晨 1 点 11 分。

# 莫名

我踏着月光

踏入漂荡的小舟

如果当时我还有心跳

肯定已经忘了呼吸的感觉

我数着青山

那一片晚霞中让人失落的邂逅

是梨花深处的脚步

还是莫名的一声问候

几十年以后

才知道

这一声问候

给了我一生的乡愁

　　2022 年 11 月 14 日凌晨 4 点 20 分渐渐进入梦乡之时的莫名感受，仿佛一下子身体如月光一样散落。几十年前的一次邂逅、一次告别，却成了生命中唯一的遗憾和挂牵。

# 归来<sup>①</sup>

天涯老眼总不眠，<sup>②</sup>故乡云水梦片片<sup>③</sup>。

归来恨无诗半句，却为榜上虚名累。

2022 年 11 月 26 日下午 1 点 33 分。


①归来：人生归途，生命归宿。

②老眼：老年人的眼睛；此句全句的意思是：远游在外，衰老的眼睛总不能轻易入眠。

③片片：形容梦境缥缈，四处飞散。

# 寄语

晨光疑不到窗前，残梦初醒尚御寒。

冬雨袭来生乡思，寄语春风盼新年。

2022 年 12 月 1 日清晨 5 点 12 分。

# 生怜

画技在少壮，诗心逐沧浪。

欲往昆仑巅，寻究云家乡。

山川有深情，云水缠绵长。

草木引人思，生怜故梦香。

2022 年 12 月 1 日下午 6 点 16 分。

# 归梦

孤眠冷毡问自安，对镜无聊画酒钱。

忍听窗外一夜雨，魂随梦到家门前。

门前小女盼我归，门内妻子笑无言。

老来不求山珍宴，只爱家厨热汤面。

2022 年 12 月 3 日凌晨 2 点 40 分。

# 难舍

开篇引得匡庐泉，折枝犹尝峨眉雪。

泪老诗成坐行云，采蕨忘机<sup>①</sup>看流水。

知心暖腹酒一杯，相逢终宜握岁寒。

难舍钱塘归梦处，多少浪花忆当年。

2022 年 12 月 3 日下午 1 点 26 分。


①忘机：心无纷争，超脱尘外，淡漠之意。

# 送老友归关中故里之行

客路随梦片云远，此去离合叹飘零。

与君轻别重生死，年年草亭色青青。

2022 年 12 月 6 日中午 12 点 45 分。

# 行走大地

XINGZOU DADI

# 早春过湘江至洞庭得此怀古

寒春碧波浅，霜消入青苔。

暮云锁夕阳，月沉雁初回。

老怀故梦深，时向旧迹寻。

常怜落花多，登楼拂泪痕。

千载问尧女①，南望苍梧②迷。

帝业③已成灰，空悲满九嶷④。

2022 年 3 月 18 日凌晨 2 点 50 分。


①尧女：传说中舜之妻，即湘妃，为湘水之神。
②苍梧：古地名，其地大致为今广西梧州市区域。
③帝业：这里指楚国大业。
④九嶷：湖南宁远九嶷山。这里指湖南以南地区。

# 岳阳楼忆

夕阳半落君山头，碧波无尽旧风流①。

身后多少洞庭客，千年共登一此楼。

2022 年 3 月 26 日清晨 6 点。

①旧风流：指千年以来在岳阳楼留下诗文的文人
骚客。

# 旅夜

春风催客梦，夜雨偷润花。

观月微云<sup>①</sup>上，听松枕烟霞。

2022 年 3 月 28 日午夜 11 点 23 分。


① 微云：微淡的云。

# 过湘江以忆杜甫

碧水平野夕阳迟，青山远波月初明。

雁带江湖草连空，坐对烟波招诗魂<sup>①</sup>。

2022 年 3 月 29 日早上 7 点。

①诗魂：这里指杜甫之魂。大历五年（770）冬，
杜甫在由潭州往岳阳的一条小船上去世，时年五十九岁。

# 岳阳楼感怀

暮渡潇湘水，晨上岳阳楼。

洞庭云气薄，君山更轻浮。

霞漫连野鹤，帆过惊沙鸥。

楚天送夕阳，白发哀壮游。

少年志犹存，只恐病骨休。

偷闲取归途，乾坤一叶舟。

2022 年 3 月 30 日晚上 7 点 30 分。

# 梦游西岳东海所得

挂袍布西岳，引袖拂东海。

纵云招鹤飞，踏雪访梅开。

入禅礼南宗，觅句敬北魏。

峰高穿白云，松奇插翠微。

漂泊非我愿，人世本偶然。

借得一舟还，恍胜洞中仙。

2022 年 4 月 3 日凌晨 1 点 30 分。

# 南昌

春望赣水英气生，侧身楼台千古情。

喜见两岸架长虹，十里万家相照明。

2022 年 4 月 9 日凌晨 3 点。

# 望岳

春风行色穷大观，明月凌空照沧海。

何幸振衣踏青莲①，华顶②高眠丹丘③前。

2022年4月9日清晨5点40分。

①青莲：这里指山峰。
②华顶：山顶。
③丹丘：仙人，或仙人居住的地方。

# 过上饶铅山葛仙小镇并登仙山访道长留句

柳莺丛里消劳尘，水波清流洗客心。

石梁紫霞染衣裾，人共白云访道林。

2022 年 4 月 9 日下午 1 点 45 分。

# 忆白帝城投宿

风雨身世五十春，留此青山相依深。

一江新停蛾眉月，千年旧雨三峡云。

怀里空翠湿禅心，枕石梦蝶悟虚明。

无事有事诗供佛，有来无来不染尘。

2022 年 4 月 11 日下午 2 点 59 分。

# 忆三清山旧游

三清苍翠紫气浮，宫阙参差空谷幽。

到此登临洗心尘，奇峰片云自千秋。

2022 年 4 月 13 日凌晨 1 点 47 分。

# 鼓山寺旧游

万松十里风，孤雁一声秋。

月影四时清，望乡千古愁。

帆过近远渚，塔斜映江流。

钟磬声声催，几人能回头？

2022 年 4 月 27 日凌晨 1 点 30 分。

# 浔阳楼

长江一横匡庐低，天半策杖侧鸟飞。

浔阳琵琶声肠断，浔阳城头孤月迷。

2022 年 4 月 29 日晚上 9 点 38 分。

# 白帝城怀古

长江接天向东去，一帆载云自西来。

帝业①兴衰已成空，城头旌旗几轮回。

2022 年 5 月 4 日午夜 0 点 26 分。

①帝业：这里指蜀国刘备的事业。公元 223 年，刘备托孤于白帝城。

# 晨登望仙台

登临抚沧海，架壑千叶莲。

霞光接云襟，步步升紫烟。

共览造化妙，寻源入仙台。

举杯合掌欢，一饮百花开。

2022 年 5 月 4 日上午 9 点。

# 忆婺源江岭春行

层层野岭上，片片黄花开。

白云横画轴，清泉带诗来。

2022 年 6 月 12 日上午 11 点 50 分。

# 婺源行记

　　二十年前第一次到访婺源，给我留下很深刻的印象。仿佛前生的一丝丝记忆重现，不十分强烈，但已足够让我寻觅百年。

　　那落花嫣然、向人倾诉的小巷，古樟掩映、烟雾缭绕的木桥，以及黑瓦白墙所勾勒出的古意，无不堪怜烟云供养的江南闺秀。但凡有一夜明月、三秋桂子，便醉入千年前的那片浓香闲愁，深深地，不愿醒来。


　　几番春绿秋红，多少误认前尘。依约惜人远，一滩明月前生。

　　凌波依依旧梦，花香淡淡醉魂。此生知谁共，陌上归雁数声。

　　2022 年 6 月 24 日下午 2 点 20 分。

# 建瓯行记

## ——寄周靖兄存念

夏云掩空翠，时雨带花香。

建溪去无尽，留此文脉长。

2022 年 7 月 2 日下午 3 点 10 分。

# 南城行记

双峰①贯天地，一楼揽三江②。

凭此好山色③，赢得千年昌。

2022 年 7 月 11 日午夜 11 点 30 分。


①双峰：南城城外飞鳌峰、天柱峰。双峰并起，高耸入云。

②三江：东河、盱江，在城中汇成抚河。

③好山色：指南城麻姑山。麻姑山为道教圣地，"麻姑献寿"的故事即发生于此。

# 南城忆

群山四面环，一城三水分。

夕阳红欲尽，半岸灯初明。

晚风披荷香，新月洗客尘。

花枝摇疏影，竹阴栖野禽。

2022 年 8 月 2 日晚上 9 点忆江西南城旧游。

# 过衡山以望

北斗云移潇湘水<sup>①</sup>，南山松含苍梧<sup>②</sup>月。

九嶷<sup>③</sup>青冥一派收，万古圣名<sup>④</sup>垂宇宙。

2022 年 8 月 23 日下午 4 点。


①潇湘水：指衡山北望有潇水、湘江。

②苍梧：指衡山南望是苍梧大地。

③九嶷：九嶷山在衡山西南方，帝舜逝世后葬于九

嶷山中。

④万古圣名：指帝舜的名字和功绩。

# 处暑夜宿湘北

花隐落暮妍，栖鸟喧客园。

星河横清浅，月孤傍霄昏。

路遥对青眼，思重叩老魂。

数问乡梦狎，投句空金樽。

2022 年 8 月 23 日午夜 11 点。

# 登南通第一高楼金石大酒店南望感此

气挹南天齐，岸接东海尽。

登临第一楼，引我思古今。

2022 年 8 月 28 日下午 3 点。

# 秋夜过岳阳楼

天涯况味多乡愁，中年芳意能几秋。

一帘淡月无颜色，照我重过<sup>①</sup>岳阳楼。

2022 年 9 月 18 日午夜 0 点 40 分。


①重过：三年前，我曾经多次到过岳阳楼。

# 登岳阳楼

楼台飞阁仰八极，洞庭一望水天碧。

夜静雁归去声声，月笼孤帆连波平。

浪花拍岸卷龙蟠，云卷雨浓涌鳌行。

由来造化抉万象，扫笔荡胸接空冥。

我以倚栏呼高秋，云中尽见楚山明。

平生经行多离抱，领略终归此登临。

2022 年 9 月 18 日上午 9 点，忆昨晚登岳阳楼之情景得此感。

# 过巫山宁江渡

雨过古渡头，云散浮轻舟。

秋凝万里岸，峡开一派流。

2022 年 9 月 18 日上午 10 点 22 分，追寻当年杜甫之旅，过巫山县宁江古渡以记。

# 忆过洞庭湖

谁剪君山一点青，秋风渲染多空灵。

犹然放笔还自笑，无花无酒过洞庭。

2022 年 9 月 18 日中午 12 点，客巫山以忆洞庭之胜。

# 忆登岳阳楼有感

烟波楼前听渔歌，细雨无声感晚秋。

但见淋漓潇湘图，写来凭空添乡愁。

2022 年 9 月 18 日中午 12 点 7 分诗兴即起，不求诗名，只为生命之旅留下痕迹。

## 忆洞庭湖游记

洞庭碧波接楚天，高阁文气挹东南。

天下名士如流水，至此脱巾拜仲淹。

2022 年 9 月 18 日下午 3 点。


## 忆岳阳楼感怀

槛外云波接天流，风华独领吴楚秀。

尘世清平识忧患，只今又上岳阳楼。

2022 年 9 月 18 日晚上 8 点 10 分。

# 过巫峡

千里长江一泻东，江花江涛永相同。

奇峰缥缈无定态，乱云急浪舞回风。

2022 年 9 月 19 日午夜 0 点 25 分于巫山客舍作此。

# 入川

长江碧波映美景，入川逢秋岂无梦。

朝云暮雨皆寂寞，山深日长听晚钟。

2022 年 9 月 20 日下午 5 点。

# 巴山秋行

巴山秋云薄，层林染新红。

气清无俗物，身轻心亦空。

2022 年 9 月 21 日中午 12 点 36 分。

# 蜀川行

蜀地多胜迹，川中隐高人。

峨眉千秋雪，长江万里春。

草堂①敬诗魂，武祠②仰大名。

快意下剑阁，问道向青城。

引古《白帝楼》，苦别留遗恨。

前后《出师表》，上下君臣心。

峡危风雨急，峰高气足吞。

沧涛排空去，云开洗乾坤。

2022 年 9 月 22 日午夜 0 点 40 分作此以敬诸葛亮和杜甫两位先贤。

①草堂：杜甫草堂。
②武祠：纪念诸葛亮的武侯祠。

# 忆蜀川之旅

蜀川云水高，引我诗兴长。

开视渺八极，入胸起苍茫。

2022年9月27日凌晨4点。

# 忆庐山

常忆匡庐岭上游，一杖明月一杖秋。
浮云散去天地阔，俯见长江一线流。

2022 年 11 月 12 日凌晨 1 点 40 分。

# 忆庐山旧游

一身披月路迢迢，四海畅怀不辞劳。

五老①云巅引秋风，九江楼②头听春潮。

2022 年 11 月 12 日凌晨 2 点 26 分。


①五老：庐山五老峰。
②九江楼：九江锁江楼。

# 忆天姥山旧游

地遥无穷途，天近坐东南。

云山有真意，赐我百丈泉。

2022 年 11 月 12 日凌晨 2 点 38 分。

# 平顺峡谷<sup>①</sup>行

峡谷千岩天为工，危巇万叠自绝踪。

何似仙人着秋色，无此笔力入画中。

2022 年 11 月 18 日晚上 9 点 15 分。

①平顺峡谷：通天峡景区，位于山西省平顺县东约
30 千米处。主峡谷长约 26 千米，横跨山西、河南两省
交界处。

# 重登岳阳楼

人生意气恰登楼，几度抚栏问水流。

重来江山更妩媚，只是旧客①已白头。

2022 年 11 月 14 日晚上 9 点 20 分。


①旧客：笔者。

# 平顺通天峡①记

万峰起伏秋境阔，千岩耸立云气长。

此中山色江南无，裁剪一段更郁苍。

2022 年 11 月 18 日晚上 9 点 33 分。

①平顺通天峡：谷深山险，气象万千。集雄、奇、险、峻于一体，其间仙人峰被称为"太行山第一峰"。

# 题平顺峡谷寒林图

深壑叠嶂秋气清，着墨云开尘外心。

坐对寒林问营丘<sup>①</sup>，共听天风太古音。

2022 年 11 月 18 日晚上 10 点 40 分。


①营丘：北宋山水画大师李成，以画山水寒林著称。

# 平顺石屏山①

尘世万劫大变迁，巉岩沧桑换新颜。

架壑云梯信手上，一步直达天门界。

2022 年 11 月 19 日中午 11 点 35 分。


①石屏山：位于山西省平顺县通天峡风景区境内，
已耸立亿万年之久。石屏山高 170 多米，长 200 多米，
山体刀削斧凿般光滑笔直，犹如一座天然屏风，把整个
山谷的风景藏在它的背后。

# 秋深过衡阳

寒风吹梦带秋声，孤月焚香抱乡魂。

一夜衡阳无穷雁，何事不眠去纷纷。

遍看古城似旧识，云山好水踏未尽。

此中锦绣藏千年，一草一木总动情。

2022 年 11 月 26 日下午 4 点 19 分。

# 过岳阳楼

无限江南梦，多情惜秋容。

疏柳晨雾薄，丹桂晚香浓。

空晓南归雁，苍然落照松。

只怜故山远，帆影立江风。

2022 年 11 月 27 日下午 2 点 6 分。

画楼夜吟

HUALOU YEYIN

# 画楼夜吟

愿借云水三生梦，痛醉春风半壶酒。

看花旧事伤老矣，一帘清月满画楼。

2022 年 2 月 17 日凌晨 2 点 25 分画余即成。

# 创作的时光

创作的时光

总是轻柔到

无法控制自己的内心

有时像一树梅花

一番微雨后　乱红吐尽

点点滴滴落在心底

有时像一片落叶

轻轻地望着枝梢空依

随风飘零　渐渐地

着地前的一番不舍

有时像一抹夕阳

淡云芳草外　暮雁横空

碧波无语

只隔着淡淡的乡愁

汀洲外落照梦远

且共一丝情怀　茕茕孑立

色色层层中

半生离索　尽在眼前

2022 年 2 月 23 日清晨 6 点 39 分画余偶得。

# 望星空

人生淡淡真滋味，

人海浮沉乃常态。

穷途病老识炎凉，

富贵虚名多离间。

我以我真求安乐，

我以我空得自闲。

我以我诚结良缘，

我以我心入佛禅。

花总落、春又返，

不变明月照我还。

多情应知人世暖，

不留恨、识患难。

一杯清茶敬风雨，

不执着、常开怀。

问燕子来否？

看秋雁依然。

寄大江东去,

念万里江山。

望星空:

百年俱空矣,

不留遗憾!

2022 年 2 月 26 日清晨 6 点 11 分,窗外阴雨寒风,望星空而无所见,内心却陡生感慨,虽无星光而胜满目星光也,即兴记下。

# 独坐画堂（一）

红尘虚空迷人眼，万花落尽便破颜①。

好春易老看未足，独坐画堂一灯闲。

2022 年 3 月 3 日凌晨 1 点 40 分画余偶感。

①破颜：露出笑容。

# 独坐画堂（二）

恍疑落花寄浮沉，过眼风光忆好春。

孤雁何去三千里，一月空照万家明。

2022 年 3 月 3 日凌晨 2 点 45 分。

# 画堂夜吟

风吐幽香花浸影，云落笔端月在心。

有诗拈来堪供佛，无事端坐学老僧。

一年白发又一春，几度风雨几度晴。

千秋月色伴清风，秃笔一支写平生。

2022年3月6日凌晨4点。

## 画余偶得

落笔总被云烟缚，裁句不疗山水癖。

留此尘襟无俗念，我欲入画乘风去。

2022 年 3 月 7 日凌晨 2 点 49 分。

# 画堂记

画堂坐冷半生，常忆少年路，寂寞云山外。昨夜明月相携，五十四年重寻。如水旧梦，病立西风。拍栏杆吟断，怨露华无力。东风吹送花无语，空依依，更怕又见秋风起。问我何切切？春去也①。

神思如来，悲欢觉无，分受平生甘苦。蒙载沧浪之无穷，喜相此身之渺然。叹年来孤负，空赢得倦眼白头。一襟尘魂，何缘真乘。问我何惧惧？中年矣！

静观山月午夜灯，坐听归雁天涯客。车马已远②，空庭渐沉。灯花留半偈之契，茶凉识三千之空。洗手挂笔，解衣临窗。冷落江湖之远，几番夕阳归去，往事纵销魂。虚荣终古，欢场散尽。问我何营营③？无遗恨。

冷坐画堂已半生，非空非有何须明。

画到无求别有意，笔墨当传身后名。

2022年3月7日晚上10点13分，独坐画堂，画余感此存记。

①春去也：指青春年华已经过去。

②车马已远：指人情世事无常。

③营营：指追求奔逐。

# 画堂夜坐

病眸常嫌岁月快，忆著壮游梦里还。

星稀月残夜半坐，孤灯枯笔对云山。

2022 年 3 月 11 日凌晨 3 点独坐画堂，时梦时醒，如入画中云山之间神游也。

# 画堂独坐（一）

不见故人来，独坐画堂间。

清风不识趣，吹断春梦寒。

2022 年 4 月 1 日清晨 6 点 20 分。


# 画余（一）

名山入眼亦入画，好句在口刻在心。

于今逸笔已罕见，应知神品出草根。

2022 年 4 月 9 日清晨 6 点 30 分画余得此。

# 画堂即事（一）

新茶古经一脉香，净心明目坐画堂。

富春①开图②读秋兴③，侧身④董关⑤谒⑥苏黄⑦。

2022 年 4 月 9 日下午 2 点 40 分。

①富春：指文人山水画代表作《富春山居图》。

②开图：研习、临摹的意思。

③秋兴：指杜甫名诗《秋兴八首》。

④侧身：指恭敬顶礼，仰慕。

⑤董关：五代山水画大师董源、关仝。

⑥谒：拜见。这里指崇拜、敬仰、追随的意思。

⑦苏黄：北宋文学家、书法家苏轼、黄庭坚。

# 画堂夜听春雷初起

风落片片桃花飞，春草萋萋夕阳天。

深知乡愁千万种，乘梦飘忽几时回。

香灯影里坐未眠，杜鹃声中岁月催。

昨夜青云<sup>①</sup>南北路，寂寞画堂听惊雷。

2022 年 4 月 13 日凌晨 2 点 35 分。

①青云：南昌市青云谱区，指我画堂坐落的地方。

# 画说

平生笔墨癖，遐往云山喜。

蜕骨《黄庭经》<sup>①</sup>，高呼丹丘子<sup>②</sup>。

细嚼唐人句，深耕两宋法。

入世<sup>③</sup>破尘网<sup>④</sup>，出世自成家<sup>⑤</sup>。

2022 年 4 月 13 日凌晨 4 点 11 分。


① 《黄庭经》：道教经典。

② 丹丘子：仙人。

③ 入世：指深入学习传统绘画技法。

④ 破尘网：打破庸俗的习气。

⑤ 出世自成家：突破传统的绘画技法和理念，自创风格，才算成家。

# 画余随记

帆送明月去，菊黄雁归来。

对此意俱远，心无尘一点。

2022 年 4 月 20 日下午 5 点 10 分。

# 长夜漫成

长夜孤月瘦，春露湿人衣。

花落流疏香，帘卷听风语。

功名多寂寞，朱门少净土。

深知笔墨难，得来文字苦。

2022 年 4 月 27 日午夜 0 点 15 分。

# 画楼小宴记事

半塘细雨落烟雾，坐看碧溪横琅玕。

一杯清茗入口薄，十里翠柳凝春寒。

意逐归帆过江麓，思随孤雁连云端。

浅饮明月借良辰，画楼低唱声珊珊。

2022 年 4 月 27 日晚上 10 点 57 分。

# 画堂独坐（二）

一夜诗兴灯花落，笑指明月入窗台。

文章句句催人老，笔墨点点驻苍颜。

心系云水不寂寞，襟带花香独坐禅。

六法顿觉开新面，写得壮气横关山。

2022 年 5 月 1 日凌晨 1 点 12 分。

# 如以所归

## ——《唐宋诗词百图》小序

一目苍苍以寄归心，

三生寂寂以空劳尘。

万种风情，不如一声归去；

千古文章，岂知前生寂寞。

观修竹之挺而摇月，

听长松之秋而临风。

揽长江而浮空，携云霞而扬帆。

幽鸟一声以落花成冢，

丹霞两袂以羽化登仙。

而我如以是来，

如碧溪秋草，如枯枝春雪。

借唐人之诗以朗咏长川，

嚼宋人之句以洗尽襟垢。

如挹玄玉之膏，漱我千年心尘也。

山鸟空啼啼，

百花开灼灼，

碧波天渺渺，

江山路遥遥。

畅观于无尽之美，浑万象于超然之篇①。

吁！

千年诗客，陈迹一页。

如以所归，与君共勉。

2022 年 6 月 2 日午夜 0 点 50 分客于婺源。


① 篇：这里指绘画作品。

# 创作即成

绘事从来不容易，三千废纸一灯孤。

惯作淋漓笔底寒，不写富贵①写风骨。

2022 年 7 月 19 日凌晨 2 点。

①富贵：出"黄家富贵"一语。"黄家富贵"指的
是五代花鸟画两大流派中的一个流派，以黄筌为代表，
其画风华丽，深受皇家喜爱。

# 只是

我只是贪恋

属于自己心中的一点温暖

我只是多爱了一些

这个世界的美景

即使没有色彩

也必须要有诗意的自己

2022 年 8 月 8 日午夜 11 点 30 分画余偶感。

# 菩萨蛮·观黄公望《富春山居图》感此

富春一望清江水，老笔披图七百年<sup>①</sup>。立骨气翛然，惨淡<sup>②</sup>开云山。

劫后<sup>③</sup>几兴废，东去<sup>④</sup>久未还。咫尺无限恨<sup>⑤</sup>，一卷隔两岸<sup>⑥</sup>。

2022 年 9 月 9 日午夜 0 点 49 分。

①七百年：《富春山居图》作于 1350 年，距今已近七百年。

②惨淡：古人作画构思布局常用"惨淡经营"来形容。

③劫后：《富春山居图》因"焚画殉葬"而身首两段。

④东去：《富春山居图》的后半卷《无用师卷》东去台湾。

⑤恨：遗憾。

⑥隔两岸：《富春山居图》前半卷《剩山图》现收藏于浙江省博物馆，后半卷《无用师卷》现藏于台北故宫博物院。

# 寂寞画堂

云水悠悠问行藏，寂寞萧萧坐画堂。

笔底无意求盛名，甘作千秋一沧浪。

2022 年 9 月 27 日午夜 0 点 58 分。

# 画余（二）

我站着

成一棵树

让四面的风

吹向我

风里都是千年前的尘烟

2022 年 10 月 5 日凌晨 3 点。

# 画梅

满纸空生寒，一发万古春。

冷香气入骨，举笔更有神。

2022 年 10 月 16 日中午 11 点 50 分。

## 观潘天寿先生《苍松图》

气御九天见虬龙，岁寒拈出高士风。

写来千古纵横意，老墨幽香更从容。

2022 年 10 月 16 日中午 12 点 06 分。

# 观石涛画

南北宗开说千年①，荆关董巨②各云烟。

香光③以后谁敢破④，瞎尊⑤出奇不成规。

2022 年 10 月 16 日下午 1 点 17 分。

①南北宗开说千年：明董其昌提出的中国山水画南
北宗说，自北宋以来已有一千年。

②荆关董巨：指五代北宋时期的著名山水画家荆浩、
关仝、董源、巨然。

③香光：香光居士，即董其昌。

④破：破法，破旧立新。

⑤瞎尊：瞎尊者，即石涛。

# 学石涛法感此

把笔一掷江花出，开图云山随我笑。

深研墨老三百年，沁骨痴心个中妙。

2022 年 10 月 16 日下午 2 点。

# 学石涛山水画得此

南秀北雄①各擅长，清妍华丽恰相当。

我自我法冷②滋味，敢作淡妆吐芬芳。

2022 年 10 月 16 日下午 2 点 13 分画余即成。


①南秀北雄：山水南北宗之说，南派主秀逸淡雅，北派擅雄阔深厚。

②冷：冷门、少，个性独特的意思。

## 收看党的二十大开幕会盛况
## 作六幅山水以献礼敬颂

江山开图意气通①，把笔放歌盛世中。

一片清平临②天下，留取③丰④骨⑤更从容⑥。

2022 年 10 月 16 日午夜 12 点。

①通：通达、气顺。

②临：俯视、到达。这里亦可指引领。

③留取：留下，传颂永存。

④丰：美好。

⑤骨：骨气，意为气象非凡、精神饱满。

⑥从容：意气风发。

# 画堂即事（二）

画堂墨承①八百年，一笔气贯六朝秋。

中有淋漓出奇古，咫尺拂空天地收。

2022 年 10 月 19 日清晨 5 点。


①承：学习传承。

# 诗

诗光写远方是不够的

诗是心海中的风帆

是当下的感动

也是漫长的等待

诗，是孤独的拥有

是空灵的存在

也是穿越生命之河的海阔天空

2022 年 10 月 25 日晚上 10 点。

# 我诗

我诗不求平仄韵，不求闻达不求名。

一卷开笔逞快意，得来句句是真情。

2022 年 10 月 27 日午夜 0 点 33 分。

# 画余偶成

五十余年一梦中，水墨生涯正懵懂。

痴心惨淡<sup>①</sup>抱丘壑，起向劳形<sup>②</sup>三更钟。

2022 年 11 月 7 日午夜 11 点 45 分。

①惨淡：指绘画创作的艰辛过程。
②劳形：意同"惨淡"。

# 画堂抒怀

平生最爱名山写，自废画稿十万件。

烟霞脉脉笔下生，莲花朵朵①纸上开。

青山不语问夕阳，白云一片挂帆来。

任我逍遥无俗事，空谷拂衣扫尘埃。

2022 年 11 月 11 日凌晨 1 点 37 分。

①莲花朵朵：这里指群山连绵起伏。

# 画堂漫成（一）

竹涧月明晚更分，榻暖花香入梦清。

画堂从来无春秋，只为笔墨不为名。

2022 年 11 月 13 日午夜 0 点 15 分。

# 画余（三）

我欲穷搜云山骨，放胆结发天地心。

旋从淋漓细收拾，写来空处见精神。

2022 年 11 月 12 日下午 2 点 19 分。

# 题画偶成

五十余年一病身，犹向画里觅好春。

山人①不问荣辱计，从来笔墨得长生。

2022 年 11 月 12 日下午 2 点 28 分。

①山人：这里指自己。

# 画堂漫成（二）

风过江舟雁奋飞，一竿秋雨夜灯寒。

经年忙煞冷应酬，空著虚名直汗颜。

2022 年 11 月 13 日午夜 0 点 22 分。

# 题青山绿水

凌云彩笔扫浮阴，盛世画卷开太平。

青山绿水真颜色，江南江北一洗新。

2022 年 11 月 14 日午夜 0 点 55 分。

# 画堂漫吟

畅怀山水间，乘兴拾句还。

五十亦懵懂，诗成非偶然。

开笔欲解忧，写来无俗篇。

莫负今生志，画名身后传。

2022 年 11 月 17 日下午 3 点 33 分。

# 书斋漫成

眼前常挂唐时月，心头时落宋时风。

唐诗宋词乃吾师，开篇句句见神工。

2022 年 11 月 18 日下午 3 点 33 分。

# 画事

人生寂寞对月明，画堂孤夜听秋声。

甘以笔墨化清泪，不坐江湖钓虚名。

2022 年 11 月 18 日下午 3 点 50 分画堂闲记。

# 遥祝同年乡兄杨炯画展

乡兄画家杨炯，与我同庚画友也，字雨生，号三北渔隐。我在千里之外遥祝画展圆满成功！

——题记

笔底清风醉雨生，淡月浅花见①闲情。

展卷共解千里意，遥向同年老②渔隐。

2022 年 11 月 19 日晚上 10 点 50 分于岭南客舍。

①见：现，呈现。
②老：对前辈的尊称。杨兄已经是画道老者，技法娴熟。

# 观石涛山水感此

力辟混沌不拘法，乱头劈面夺造化。

恨不早生三百年，侧身研墨山僧①家。

2022 年 11 月 20 日午夜 0 点 55 分。

①山僧：石涛。

# 展图畅怀

展图畅怀三千年[①]，开笔敢扫六朝风[②]。

沥胆誓破十万纸，白发铸就造化功。

春云虚空招日月，秋水一杯取苍穹。

何日登临生羽归，待向昆仑访仙踪。

关山万里不足行，江湖浩荡转孤篷。

终使功成无贪恋，脱袍[③]大笑送飞鸿。

**2022 年 11 月 21 日凌晨 3 点 16 分。**


①三千年：中国美术历史悠久。

②六朝风：自唐宋至今的绘画风格。

③脱袍：脱去名利、虚伪、贪婪的外衣。

# 学石涛山水

借得清湘①一钵水，泼湿云山几度开。

六法②占断破③藩篱，笔墨快意寄心禅。

2022 年 11 月 21 日凌晨 3 点 39 分。

①清湘：石涛。
②六法：中国绘画术语。
③破：打破传统，破旧立新。

# 感画

笔底忘机苦经营①，常与董关灯下论。

不怕此生无知己，留取六朝笔墨魂。

2022 年 11 月 22 日午夜 0 点 20 分。


①经营：研习绘画。

# 画堂独坐（三）

生平饱览好林泉，到处托身云水间。

最忆故乡钱塘月，几度照我梦里还。

笔归无尘自安排，披图意匠越千年。

甘为寂寞坐画堂，报以余生著青山。

2022 年 11 月 22 日午夜 0 点 45 分。

# 临王羲之《兰亭序》感此

浅酌畅情性，弄花适光阴。

秀木隐高卧，清溪坐闲心。

幽鸟逐相欢，临池起逸兴。

孤独兰亭句，曲罢有余音。

衲衣西山阁，袒腹东床枕。

绝尘琅琊笔，世无王右军。

2022 年 11 月 25 日晚上 9 点 16 分。

# 问梦

诗至李杜①后，从此无归舟。

情圣李义山②，犹得屈贾③愁。

历历梦中见，欲剪千年还。

月下影入虚，灯前头更白。

浮华侵瘦骨，色相消尘埃。

曲终一念近，问句阴阳间。

2022 年 11 月 26 日晚上 9 点 45 分梦醒得句。

①李杜：李白、杜甫。
②李义山：李商隐。
③屈贾：屈原、贾谊。贾谊是西汉著名政治家、文
学家，世称贾生。

# 夜吟

夜吟落花诗，又湿枕上泪。

曾有凌云笔①，空掷②又一年。

无奈为生计，应酬鬓渐白。

拟向南山意③，卜居山水间。

听松送白云，揽月入画禅。

低头远名利，高卧④渔父船。

2022 年 11 月 28 日凌晨 3 点 40 分。


①凌云笔：为文作诗的高超才华。
②掷：这里是创作的意思。
③南山意：陶渊明的隐世之意。
④高卧：畅快、无怨无虑、自由自在、不为名利所
束缚的生活状态。

# 忆十年未见画友作诗以赠之

归棹一别在天涯，明月十年旧灯花。

白头欹枕遣故梦，何日新火煎春茶。

2022 年 12 月 3 日中午 12 点。

# 观龚贤<sup>①</sup>山水

置身云巅欲冲天，千溪万谷出<sup>②</sup>半千<sup>③</sup>。

守住空白起鸿蒙，独擅浓处更超然。

2022 年 12 月 4 日凌晨 2 点。


①龚贤：明末清初山水画大师，为金陵八家之首，
以浓墨厚重作品为主。

②出：出自、来自。

③半千：龚贤的字。

# 大雪节气日夜独坐画堂

大雪已三更，病骨不禁风。

画堂一灯孤，消受冷溶溶。

谁怜朱颜老，年华易断送。

总被浮名累，剩得旧时梦。

寒夜独堪悲，月圆天涯空。

往事半模糊，回首正朦胧。

2022 年 12 月 8 日凌晨 3 点。

## 摹石涛山水

此心如浮云，舒卷入山川。

恰逢秋色好，每步皆有禅。

野烟淡林壑，山月在眼前。

飞阁雁正过，倚栏水潺湲。

2022 年 12 月 8 日凌晨 2 点。

# 观八大山人《双雁图》

无边秋色气苍苍，寒涧双雁落晓霜。

青云道人①在何许，留得画图永相望。

2022 年 12 月 8 日下午 4 点 40 分。

①青云道人：八大山人曾在南昌青云谱道院修道。

# 把卷

空山含杳冥，无尘生妙境。

晚烟水云连，片月一舟轻。

眼明天地宽，心淡则无形。

把卷开江湖，身远骨气清。

2022 年 12 月 8 日下午 6 点 40 分。

# 观八大山人作品有感

秃笔意萧瑟，独目①更堪怜。

披图三百年，依旧泪未干。

读到会神处，我心亦凄然。

对此如相约，悠悠梦里见。

2022 年 12 月 9 日凌晨 1 点 19 分观八大山人《芦雁图》得此。

①独目：八大山人画禽鸟类多用独眼、白眼。

# 观八大山人作品

落纸出天机，一笔入云汉。

诗书品高逸，遗墨①影光灿。

2022 年 12 月 9 日凌晨 1 点 38 分。

①遗墨：八大山人为明朝宗室遗民。墨，这里指
作品。

# 读《八大山人传》

超脱千年出心裁，落笔一向满纸寒。

恨不扫尽世间尘，至今萧索对青眼。

碌碌浮生总如水，悠悠身世一灯残。

淅淅墨痕血和泪，孤情着意入云山。

2022 年 12 月 9 日晚上 9 点。

长夜听雨

CHANGYE TINGYU

# 雪

这世间过于冷漠

无声的泪花　纷纷

而又孤独　轻盈

而又沉重

飘向我吧

我的胸膛尚有余温

而过多的温暖

却是　致命的融化

2022 年 2 月 16 日下午 2 点 55 分窗外有雪。

# 飞

鸟儿飞走了

带走了眼里的一点尘埃

留下尘世的束缚

我也想飞

却没有小鸟的双翅

我们　永远也飞不出

自己眼里的世界

2022 年 2 月 16 日下午 3 点 43 分。

# 水仙

春雨疑消满庭凉，玉骨素颜暗流香。

芳心乍露谁摘取？更待月下初梦长。

2022 年 3 月 8 日下午 4 点 10 分。

# 徐步

野寺钟声孤，林深花径幽。

幢幡隐可见，时听冷泉潋。

2022 年 3 月 20 日早上 8 点。

# 观花

观花花正开，看燕燕飞来。

坐断三千界，扫花一味禅。

2022 年 3 月 26 日午夜 11 点 20 分。

# 窗外雨急，春寒料峭之夜梦醒得此

三月仍雨寒，春燕久未归。

落花惊失色，好梦胜金贵。

2022 年 3 月 31 日凌晨 3 点 52 分随记。

# 咏梅

俗尘虚名多，清流已罕见。

春来百花开，独缺一枝梅。

2022 年 4 月 1 日午夜 11 点 41 分画梅即成。

# 望天

仰望青天云相扶，五十白头觉来迟。

此生独欠诗文债，笔底欲破百万纸。

2022 年 4 月 9 日凌晨 2 点。

# 望野

随云望野尽，烟波浮层林。

得趣每忘归，胜因岂登临①。

落日依浅渚，去帆动老襟。

我欲投杯渡，愿化天地心。

2022 年 4 月 10 日下午 2 点 55 分。


①胜：胜景。此句全句的意思是：想要看到美好的
风景，难道非要登临高处？

## 读宋陈亮《登多景楼》感此，
## 寄永康章锦水诗兄存教

寥寥身世一浮沤，廓落境界应登楼。

美景依然在人间，好水长伴好山流。

2022 年 4 月 8 日清晨 5 点 50 分。

# 无题

水遥山高不计年，犹揽明月伴君眠。

几许梦回西厢<sup>①</sup>夜，一别凤落沈园<sup>②</sup>泪。

黄粱<sup>③</sup>苦短孤莺啼，南柯<sup>④</sup>应悔空滋味。

情深终泛无尽浪，心枯欲断长江水。

2022年4月18日下午1点13分午梦醒来即成。


①西厢：元王实甫著名古典戏剧《西厢记》。

②凤落沈园：指宋陆游与唐琬凄美的爱情故事。
当年陆游在沈园写下了著名的《钗头凤·红酥手》，
伤情之痛感动古今。

③黄粱：指美好的事物皆如梦境短暂。

④南柯：指人生得失无常，世事皆空也。

# 庭晚雨过见一地落叶残花

远观生空相，近携感倦魂。

庭晚风自扫，门重隔乡情。

2022 年 4 月 25 日晚上 7 点。

# 应乡兄姚焕明之邀，作此遥寄

寓目幽栖地，方寸山水间。

杯欢携良友，畅饮松下闲。

2022 年 4 月 26 日中午 11 点 38 分。

# 幽居

翠涧出迟等①，烟岚布有营②。

往还无尘牵，迎送太古云。

欲把千秋色，笔笔待细品。

人间年年好，芳草萋萋情。

2022 年 4 月 28 日下午 1 点 29 分。


①出迟等：在长久的等待中出来；

②营：营造，安排。烟岚的分布和呈现，它已做了
精心的布置和营造。

# 桃源图

借得山色四时春，为君开图似梦行。

桃源何须渔郎引，笔底处处可问津。

2022 年 4 月 28 日晚上 8 点 50 分窗外雷雨。

# 长夜听雨

今兹一夜雨，滴穿千年伤。

常忆城南月，殷勤空向望。

行寻起深哀，正道阻且长。

一别三生约，愿君莫相忘。

2022 年 4 月 29 日凌晨 1 点 8 分。

# 山居

山居觉来早，风静岚气清。

借问花枝泪，摇曳落无声。

云卷雨落迟，月随影同行。

情境意俱适，心与遍野清。

2022 年 5 月 2 日中午 11 点。

# 午睡醒来即事

满庭芳树栖幽深，花开朵朵菩提心。

午后梦迟无俗事，一杯龙顶①半榻经。

2022 年 5 月 3 日下午 3 点。


①龙顶：浙江开化龙顶茶。

# 卜算子·忆别

寂寞空山下，一雁夕阳边。长忆别时常如秋，落花点苍苔。

露湿夜笛冷，月残松风寒。从此归棹三千里，相思又几年。

2022 年 5 月 4 日凌晨 4 点 40 分。

# 寄友

劳尘一叶舟，幽梦还几回。

有诗举花笑，无欲清若水。

浮世皆过客，月色终宵在。

人间重别情，相望自年年。

2022 年 5 月 4 日上午 10 点 30 分。

# 别洞庭过潇湘至汨罗以敬屈子之魂

洞庭一望气森森，汨罗四月阴雨冷。

荻岸失语割断肠，波涛连天招诗魂。

楚宫楼台无留迹，潇湘不息有泪痕。

承我长栖千秋悲，多情江山万古心。

2022 年 5 月 4 日下午 3 点忆旧游即成。

## 观鱼

歆僳流年偷余生，逴逴春光已无痕。

尘世人情多反复，更羡池中自在身。

2022 年 6 月 3 日上午 9 点 16 分。

## 广昌莲池即成

荷塘深处一船斜，万花接天连彩霞。

不爱瑶池群仙会，开遍人间百姓家。

2022 年 7 月 12 日上午 10 点。

# 广昌赏荷

翠云娇态自亭亭，一示万花破劳尘<sup>①</sup>。

艳妆纤纤尽不染，坐看顿觉如来身。

2022 年 7 月 12 日上午 10 点 40 分。

①示：显现，呈现。破：破除，除尽。此句全句的
意思是：万花一齐开放，洗尽了人世间的尘埃。

# 题野花

一日心情一日程，日日观花日日新。

世人只为名花忙，野花无名亦是春。

2022 年 8 月 25 日早上 7 点画余即成。

# 南通拜谒张謇纪念馆

一州①大观通四海，五魁②开埠汇八方。

绝巘③凌霄布气象④，泣血临风⑤吐芬芳。

2022 年 8 月 28 日晚上 10 点。

①一州：南通市古称通州。

②五魁：1899 年，张謇创办中国第一家民营纺织企业"大生纱厂"，设有红魁、蓝魁、绿魁、金魁、彩魁等五条不同产品线。这里亦指张謇事业的巨大影响力。

③绝巘：极高的山峰。这里指晚清至民国年间，国家内忧外患，创业环境非常艰苦。

④布气象：张謇一生创办了 20 多家企业，370 多所学校，成就非凡。

⑤泣血临风：1922 年，棉纺织业危机，导致张謇的事业全面崩盘。1926 年 8 月 24 日，张謇在南通病逝，享年 73 岁。

# 秋寻（二）

秋来天气晚来清，芦苇草间芙蓉新。

身心俱空无尘事，喜得江头一月明。

2022 年 9 月 16 日清晨 5 点 28 分。

# 平安图

无声诗里秋最美，独赏此君清味。

他年儿孙都长大，祝愿日日平安。

2022 年 10 月 4 日重阳节午夜画余得此。

# 一朵花

一朵花开在春天里

因为她与春天的缘分

一朵花开在秋天里

因为她与秋天的约定

并不是每一朵花

都要开在同一个季节

因为这样

我们生活的世界

才会更加丰富而美丽


　　2022 年 10 月 27 日中午 12 点 26 分，秋雨骤降，看庭前花落花飞，变成一地凋零枯萎的花瓣，感此小记。

# 月下吟

踏月穿云入烟霏，采叶题诗带花归。

跫然寻句心尘外，半生好梦在翠微。

2022 年 11 月 10 日凌晨 2 点 29 分。

# 感时

思潮乘风起，众志铸丹心。

惊雷裂长空，山河一洗新。

2022 年 11 月 11 日午夜 0 点 36 分。

# 梦里云水，畅怀咏之

自笑半生云水间，云水归处心自闲。

非梦非醒花沾衣，踏云乘风载月还。

儒手开篇沧海日，白头举首千山雪。

身披翠壁坐林秋，心存寥廓抱江川。

2022 年 11 月 11 日凌晨 2 点 33 分梦醒得此。

# 咏菊

揽月观云看山忙，如旧秋风花正黄。

到处繁华挂虚空，长向南山气堂堂①。

2022 年 11 月 11 日午夜 11 点 17 分。

①南山气堂堂：指晋代诗人陶渊明的人格气质。

# 村晚归兴

柳满溪岸秋满陂，一雁斜飞起涟漪。

野桥东头寻旧隐，却听牧童短笛声。

2022 年 11 月 12 日下午 5 点作《村晚图》得句。

# 题芙蓉

江上秋光看落霞，秋光独占百姓家。

一舟载来古今情，两岸犹开芙蓉花。

2022 年 11 月 15 日晚上 10 点 13 分。

# 忆昔

忆昔处处春色浓，碧溪家家夹桃红。

满目新妆无人识，庭前繁花空一梦。

最痛送别思千里，人生悲欢又相逢。

自惭不及双飞燕，翩翩呢喃舞轻风。

2022 年 11 月 26 日晚上 9 点。

# 夜渡

野渡落雁声，柳堤衔月影。

露重芦花白，霜薄孤篷冷。

2022 年 11 月 28 日午夜 11 点 50 分。


# 独行

明月凌空沧海远，一雁高飞天地近。

托身不离云山癖，独行知是画中人。

2022 年 12 月 1 日晚上 7 点。

# 梅

琼玉一树开，寒雨满天飞。

浅香入梦深，共盼好春归。

2022 年 12 月 3 日凌晨 1 点 22 分。

# 独好

闲抚琴书对落花，静观云水试新茶。

独好修以一心禅，难得清欢野人家①。

2022年12月3日凌晨3点。


①野人家：指山野人家，或指普通百姓人家。

# 观瀑

惊天落高风，沧溟入梦寒。

而今触乡思，暗里朱颜改。

2022 年 12 月 7 日下午 4 点画余偶成。

春去秋回

CHUNQU QIUHUI

# 春行（一）

春山草迷无远近，云淡烟疏亦可人。

清风吹起归何处？一时衣袂染轻尘。

2022 年 2 月 3 日清晨 5 点。


# 春行（二）

云外青山分外青，云里深壑雨藏深。

野溪桥畔花半落，新竹门庭旧日春。

2022 年 2 月 3 日早上 7 点。

# 春行（三）

春雨江外几峰青，斜飞雁字波上行。

遥看一片苍茫里，几点归帆共白云。

2022 年 2 月 3 日早上 7 点 36 分。

# 春寒

春寒又上旧亭台，雪里夕阳无穷雁。

断云伴月万里空，看老尘世一千年。

2022 年 2 月 11 日凌晨 3 点。

# 春分望月

二月爱看山，春在竹涧边。

莫问来归处，落花何栖禅。

好山看不足，名刹远跻攀。

山月可留客，照我度清夜。

2022 年 3 月 20 日凌晨 1 点 50 分画余即成。

# 三月晚行

东风驱寒雨，路隔归鸟啼。

三月①春自落，花树交相迷。

向晚云缠绵，江天月着衣。

渔火如可见，一心过②桥西③。

2022 年 4 月 1 日晚上 8 点 20 分。


①三月：农历三月。

②过：飞越、穿越。这里指到达的意思。

③桥西：我出生的地方桥西村。

# 好春颂

桃李一并报好春，共享人间天地新。

喜看万树云霞暖，更羡双燕呢喃情。

一江千里昆仑雪，两岸芳菲辉相映。

锦绣山河永长在，四海升平接玉京。

2022 年 4 月 4 日清晨 5 点 45 分。

# 清明祭

## ——假如我有一座坟墓

假如我有一座坟墓

一定是面对青山

满山的松树、翠竹和山花

还有千年来数不尽的魂

与我交换着前生和来世

那曾是无尽的悲欢离合

天涯泪痕

有一种死亡只是为追求自由而投向自由

有一种逝去只是为众生的孤独而投向孤独

有一种失去只是为人间的挣扎而投向挣扎

有一种牺牲只是为人民的苦难而投向苦难

对黑暗的呐喊

对黎明的欢呼

对欺骗和虚伪

对真理和信仰

在此起彼伏中

生命在不断演绎

有的化为永恒

有的化为传说

有的化为尘埃

有的化为流水

有的融入松树的青

有的融入翠竹的绿

有的融入山花的红

而又有谁能知道自己的灵魂化成什么


假如我有一座坟墓

我会精心护育好周边的一株草、一朵花

哪怕已枯萎了千年的心和无归处的魂

面对面

无心、无语、无俗，也无求

坐着，融为一点光

将黑暗刺出一个洞

并为迎接晨光的到来

一起穿越时空

2022 年 4 月 5 日午夜。

# 清明

宿雨带翠阴，徐步声自吞。

斜晖掩林丘，黄花守故魂。

暮深破鸟啼，烟散空自昏。

拂拂对景泪，迟迟却忘行。

2022 年 4 月 5 日。

# 清明行记

疏寒无边过清明，烟沉树密欲入暝。

到得身老无别念，一草一木皆乡魂。

2022 年 4 月 5 日晚上 8 点。

# 春野杂咏

岩瘦古木劲，鹤老气更清。

花谢各有意，潮生共月明。

碧水去无尽，好山皆常青。

云开适登高，叶落催诗情。

平生布衣道，不贪榜上名。

欲寻桃源洞，悠悠归棹声。

2022 年 4 月 30 日下午 3 点。

# 初夏

归舟因雨急，乔木向风斜。

闻雷夏已近，池中初开花。

杳杳一派溪，静静三两家。

翛然入辋川<sup>①</sup>，无疑摩诘<sup>②</sup>画。

2022 年 4 月 30 日下午 3 点 40 分窗外雷雨。

①辋川：唐王维晚年时隐居在辋川（今西安市蓝田县境内），《辋川图》是其在清源寺壁上所作的单幅画。
②摩诘：王维。

# 暮春即事

老眼抚平川，徐步戴星辰。

依旧柳堤岸，空载一船情。

折枝系青丝，孤梦枕乡关。

又是春风去，花落催人颜。

2022 年 5 月 1 日晚上 10 点 20 分。

# 暮春感怀

春晓觉好梦，良夜宜会友。

自嘲诗文客，平生云水游。

观云随所适，看水意所归。

乘风出尘埃，寂寞上仙台。

2022 年 5 月 1 日中午 11 点 30 分。

# 九月

九月

初凉的夜晚

听着秋蝉不断地留恋最后的尘世

我穿过喧嚣的夏季

坐等一个宁静的九月

我和风摇曳

摇曳着月光浮泛的记忆

我和光遥依

遥依着旧年深陷的往事


九月

我在远方的守望

成为我今生的守望

借着草木之心向你表白

借着草木之心上滑落的露珠向你表白

借着草木丛中低吟的虫豸之心向你表白

借着草木心底的一点卑微、一点自尊

贴近泥土的芳香去爱你


九月

你就是我的快乐

也是我的忧愁

倚着一场小雨、滴滴答答的梦境

倚着泛黄的照片、念念不忘的初恋

倚着青石小巷、萧萧散散的落叶

倚着铜绿的门环、门中曾经的笑脸


九月

就这样被一个黄色揉碎

最容易想起青春和失去的童年

星空和湖泊一起在眼底闪烁

被一片泪水灌醉

谁能卜算出一生中要经历多少次灵魂的劫数

才能找到真实的自己

我多么深情地感谢生命

感谢春夏秋冬赋予时间的质感

与光阴乍见之欢的一点点慌乱

永远难忘的是

成长中莫名的伤感


九月

秋风已拂过所有的炎热

在月圆之前

我是如此虔诚

像一个信徒在每一个夜晚祈愿

让所有有爱的人都能相爱

让所有别离的人都会相聚

而我

却像长途奔波的蜜蜂

永远在

送一滴蜜的途中


2022 年 9 月 1 日清晨 5 点。

# 秋入湘北得此

九月风易寒，秋意入梦深。

楚南①云山客，湘北江湖心。

2022 年 9 月 17 日午夜 11 点 40 分。


①楚南：指湖南一带。

# 秋望

数月经酷暑，亲人久不见。

客途喜逢雨，难得尝新炊。

昨夜东风起，时闻家乡味。

遥知秋正好，纳凉桂花开。

秋梦频相顾，月下花香传。

寄语人长久，声声报平安。

2022 年 9 月 21 日夜宿万州，纳凉小吟。

# 霜降

离离<sup>①</sup>寒水霜初冷，团团桂子<sup>②</sup>香不尽。

老去秋来怀旧梦，吟句坐苔淡月清。

2022 年 10 月 23 日下午 6 点 31 分。


①离离：旷远。
②团团桂子：非常茂盛的桂花。

# 霜降行记（一）

寥寥空寒一庭风，桂花开时又芙蓉。

深知明月不留人，亦有白头耐岁终。

2022 年 10 月 24 日晚上 9 点 15 分。


# 霜降行记（二）

寒露从月降，初霜叶边白。

黄花为谁发？一夜颜色改。

2022 年 10 月 24 日晚上 9 点 28 分。

# 秋山行记

谁将时光无声落，寻常人间又秋冬。

总有寒风掀天地，层林尽染满山红。

2022 年 11 月 9 日凌晨 3 点 45 分。

# 初冬月夜客舍听秋风萧索

月朗花惊梦，露清吐初心。

回首恋旧迹，岁寒知新生。

天涯春归迟，孤旅披秋风。

过客薄凉意，世情老来重。

2022 年 11 月 10 日凌晨 2 点。

# 窗外

云山处处是吾家，浮尘<sup>①</sup>淡淡看落花。

掷笔了却万念空，此生有涯艺无涯。

趺坐一觉无日月<sup>②</sup>，执经半榻入造化。

窗外人间秋正好，心<sup>③</sup>随黄叶<sup>④</sup>片片下。

2022 年 11 月 14 日晚上 9 点 37 分。


①浮尘：尘世。

②无日月：忘了还有岁月的存在。

③心：这里指对人世间的执着之心。

④黄叶：岁月流逝。指执着之心随着时光流逝而学
会放下，归于平淡才是最美的人生。

# 冬月初一夜

吟咏凭晴窗，桂香夜更适。

池满生风来，月挂野藤壁。

竹斜掩疏暮，烟散觇远寂。

旧历看初冬，焚香立今夕。

2022 年 11 月 24 日晚上 8 点 10 分。

# 追寻诗圣

ZHUIXUN SHISHENG

# 平江杜甫墓拜记

空林独行夕阳流，气郁胸次锁悲秋。

叠叠青山共绸缪①，千年诗魂沉一丘。

2022 年 3 月 17 日清晨 6 点 40 分。

①绸缪：紧密缠缚。这里指幽静美丽的叠叠青山与杜甫的灵魂永远相依相伴。

# 作《杜甫行吟图》

杜陵布衣子美公，一身千恨雁横空。

楚客听棹颇愁绝，汀岸徐步立长风。

2022年3月23日清晨6点25分画余得此。

# 春行（四）

## ——观美好河山以告寄杜甫之魂

漫看桃李心意动，春风一杯百花香。

知行著我家国梦，江山诗文千年长。

2022 年 3 月 23 日早上 8 点 23 分。

## 作《杜甫行吟图》得此句，以敬诗圣之魂

诗心含恨出清流，唯叹苍生病骨瘦。

眼前孤篷一江泪，身后悲凉万古忧。

2022 年 3 月 27 日清晨 5 点 55 分画余即成。

# 归雁

## ——忆杜甫


半生离索万里客，一棹沧浪几重归。

如随年年无穷雁，山遥水隔逐梦飞。

2022 年 3 月 29 日晚上 10 点 49 分画余偶拾。

# 梦游

## ——与杜甫一起入蜀

身世空凋伤，浮生万事休。

明月永夜在，长江无心流。

风送青城雪，云涌峨眉秋。

抱杖一心香，坐老天地幽。

2022 年 3 月 31 日凌晨 1 点 45 分梦醒即成。

# 读杜甫诗句感此

青春伙伴快马欢，老去独归多悲秋。
无限旧梦为谁醒，衰年新霜染乡愁。

2022 年 3 月 31 日下午 1 点 50 分。

# 过白帝城以忆杜甫当年之旅
# 并凭吊诗圣之魂

长江飞纵决巨峡，尘土几千修大成。

无限青山多骚客，千年甘苦同一心。

2022 年 4 月 12 日午夜 11 点 40 分。

# 平江拜谒杜甫墓祠

快意齐赵游，开篇少年狂。

入仕困长安，国破<sup>①</sup>哀仓皇。

片安浣花溪<sup>②</sup>，漂泊怀昔伤。

五州<sup>③</sup>催病棹，三峡枕气霜。

心枯渴北望，梦残楚天长。

孤篷烟遮月，老泪断湘江<sup>④</sup>。

2022 年 8 月 24 日午夜 0 点 31 分。


①国破：755 年，安史之乱爆发。

②浣花溪：760 年，杜甫一家在亲友们的帮助下，于成都西郊浣花溪畔筑茅屋而居，即著名的杜甫草堂，在这里过了几年相对平静的日子。

③五州：765 年，杜甫自成都乘舟南下，经嘉州、戎州、渝州、忠州，最后在夔州暂居。

④断湘江：770 年冬，贫病交加的杜甫病死在湘江舟中，时年五十九岁。

# 拜谒杜甫墓祠感此

落日近别意，远江挂衡庐。

片云识旧客，新雁去声无。

晚对风浪好<sup>①</sup>，贪看夕阳孤。

万物如有待，此意自相顾。

杜陵一舟去，辛酸满江水。

依旧潇湘月，万古照人归。

忆昔生涕泪，今欲招诗魂。

字字清入骨，句句定乾坤。

临吟共迟暮，悲秋老病身。

千年一页<sup>②</sup>远，隔梦同归尘。

2022年8月24日下午1点1分。

①风浪：比喻艰险的遭遇。此句全句的意思是：晚上面对种种艰难习以为常、从容应对。

②一页：一页纸。千年时光如同翻过一页纸张，并不遥远。

# 平江拜谒杜甫墓祠归来

本应同过客，千年共悲秋。

无端恨文字，留下万古愁。

追惜此徘徊，声泪已盈杯。

满目皆诗意，鞠躬拾句回。

2022 年 8 月 24 日下午 3 点 45 分。

## 中秋节凌晨作《秋行图》得此

露白秋风静，菊黄开正肥。

日暮新月晚，坐看旧林扉。

2022 年 9 月 10 日中秋节凌晨 4 点 26 分。

# 游湘水以忆杜甫当年之旅

秋气集楚荆，参差逐湘魂[①]。

怀故泪自垂，无限江湖心[②]。

久游[③]机已忘，何事带风尘[④]。

惊夕感中年，霜白染鬓影。

2022 年 9 月 18 日凌晨 2 点 30 分。


①湘魂：这里指杜甫之魂。

②江湖心：江山湖泊。这里指杜甫一片爱国、忧国忧民之心。

③游：流浪、漂泊之意。

④风尘：人世间纷繁之事。

# 秋晚湘江独行以怀杜甫

远渚叠修竹，翠羽夹秋枫。

烟染湘水静，云掩半山空。

即遣落日白，随意送波红。

独行多逸兴，欲罢情不终。

2022 年 9 月 18 日凌晨 4 点 50 分。

# 忆岳阳楼，以追寻杜甫当年之足迹

万顷洞庭水，千古岳阳楼。

诗至李杜[①]句，文唯范公[②]留。

雁过送帆去，月升连波浮。

气挹天下观，感怀天下忧。

2022 年 9 月 18 日夜宿巫山，听江涛观山月记此。


①李杜：李白、杜甫。

②范公：范仲淹。

# 过三峡

## ——追忆杜甫之旅感此

飘零忘病骨，孤旅识生涯。

身名无住著，尘世空浮华。

2022年9月19日凌晨1点。

# 朝登白帝城

## ——追忆杜甫之旅

秋拥古城①浮瑞气，云掩高阁②接彩霞。

更想诗圣句在手，一帆飞渡过三峡。

2022 年 9 月 19 日晚上 7 点。

①古城：这里指夔州，今奉节。
②高阁：白帝城楼阁。

# 入川登高忆杜甫

山深藏古木，云浅催峻岭。

红蓼依浪白，雁去共帆尽。

一望叹渺邈，千古惜少陵。

半生唯凭高，杯酒怀登临。

2022 年 9 月 19 日晚上 7 点 30 分。

# 客奉节读杜甫《登高》<sup>①</sup>感此

秋光逐波天上来，彩霞缥缈山色开。

客愁哪听归雁尽，登高布衣<sup>②</sup>今何在！

笔扫俗尘惊天地，云山开卷著文章。

中年情味多遗恨，一句诗成即老苍。

人生浮华半棹冷，万里飘蓬一叶秋。

到此引古心飞扬，身后气象<sup>③</sup>永长流。

2022 年 9 月 19 日晚上 10 点 10 分。


①《登高》：杜甫 767 年重阳节在夔州写下的千
古名篇。

②布衣：指杜甫。

③气象：这里指杜甫留下的诗文对后代的极大影响。

# 登白帝城怀杜甫之旅作此以敬

长江无声归帆没[①]，千年沉浮去浪中。

登高看取[②]兴亡事，白帝城阁听秋风。

2022 年 9 月 19 日午夜 11 点。

①没：出没。
②看取：在游历中了解这里所发生的千年往事。

# 夜宿夔州读杜甫诗句感此以敬诗圣之魂

江舟空泛三更月，波连萦纡①北斗星。

登此应感家国情，举天仰首哭诗魂。

2022 年 9 月 20 日凌晨 1 点 30 分。


①萦纡：盘曲环绕。

# 过三峡至白帝城午夜遥想
# 杜甫当年所思之情景

踏破关山月，泪送三峡水。

长安<sup>①</sup>何处是，一雁万里回。

夔门扑面至，白帝正霏微。

浪急惊孤梦，身空无所归。

2022 年 9 月 20 日凌晨 2 点 45 分。

①长安：杜甫时期唐朝的都城。这里指杜甫颠沛流
离中始终关心国家的命运和前途，希望朝廷关注民生民
情，也很想回长安为朝廷分忧。

# 过三峡、登白帝城、宿夔州
## 以追忆杜甫当年之旅

脉脉大千穷孤雁，盈盈一水荡千舟。

自嘘身世如飘萍，却著文章老病休。

臂揽北斗三更席，气吞西江碧波秋。

哀知云雨千古在，泪洒托身万家愁。

2022 年 9 月 20 日下午 5 点 20 分。

# 大溪口望长江以忆杜甫

一经大江观，千年闻忧患。

蜀川生寒早，深凭独长嗟。

风雨无古今，名利多尘劳。

迎别意迟迟，送秋易萧萧。

2022年9月20日下午5点43分于长江南岸巫山县大溪乡。

# 夜宿长江之畔大溪乡以怀杜甫

巴山楚水壮丽地，少陵①笔底皆沾泪。

怀旧②不堪③秋风送，到此绝唱登高篇④。

神女峰上云雨边，白帝城下旧客船。

炊烟暮起人间事，灯火初见⑤夕阳川。

2022 年 9 月 20 日晚上 10 点 30 分。


①少陵：杜甫。

②怀旧：怀想当年杜甫一家漂泊至此，住在船上的生活状态。

③不堪：不能承受。

④登高篇：杜甫名诗《登高》。杜甫当年就是在长江岸边写下了这千古绝唱。

⑤见：出现。

# 读杜甫船下夔州诗句，和之为敬

岸平①宿江船，林杪月娟娟。

风寒雁阵乱，水急涌帆悬。

晨起古道湿，远浮野人烟。

移步觉尘外，含句②拜前贤③。

2022 年 9 月 20 日晚上 10 点 55 分。


①平：平静。

②含句：嘴里念着诗句。

③前贤：这里指杜甫。

# 夜宿三峡读杜甫诗而感苍然之意

涛高①难入梦，月低更白头②。

世无永年命，长有万古愁。

云横千帆尽，雁没③层浪休④。

景物旧时同，断肠又夔州。⑤

2022年9月21日午夜0点10分读杜工部之诗，听涛声如泣。


①涛高：指涛声非常大。

②月低更白头：月临窗而觉得很低，照着头发显得更白了。

③雁没：大雁飞过。

④层浪休：长江滚滚而去的浪花无止无休。这里感叹长江之浪什么时候可以停下脚步休息一会儿。

⑤景物旧时同，断肠又夔州：这里的景物没有改变，而今我经过此地，也想亲身体验一下杜甫当年的忧国忧民之情和断肠之痛。

# 三峡行吟

## ——以忆杜甫往昔之吟唱

奇峰横绝与天连，猿啼声高催人泪。

江上风波夕阳楼，春云秋月自年年。

凭栏满胸送诗情，最伤生涯感风尘。

落红自惜年华老，从此夜夜故园心。

2022 年 9 月 21 日早上 8 点 55 分过瞿塘峡。

# 芙蓉江岸

## ——念杜甫


芙蓉花开断肠岸<sup>①</sup>，草木有情皆生悲。

敢问江水何时尽，千古不绝苍生泪。

2022 年 9 月 21 日上午 9 点 9 分。


①断肠岸：长江南岸故陵镇。据称当年杜甫在此登岸，写下了许多伤痛忧患之句，故曰断肠岸。长江水流不断，人世间悲欢离合的伤痛泪水也一样不会断绝。

# 过黄檗树<sup>①</sup>以忆杜甫当年之旅

江城秋高叶自落，古木风低烟相迷。

碧水无语总关情，心系一棹万里意。

2022 年 9 月 21 日上午 9 点 32 分。


①黄檗树：指重庆市奉节县黄檗树古村。

# 过三峡，致杜甫

过三峡

带着满身伤病的杜甫

到此一叹

波涛如旧

云山无恙

江水带不走千年前的华彩绝唱

月光也化不去悠长的哀愁

我错过了

与诗圣邂逅的时光

却感受到

诗圣曾经的苍凉悲伤

2022年9月21日上午10点27分于长江三峡，观云山万仞，听滚滚江水，向杜甫致敬，心中陡生莫名的失落和感动！面对如此气象，每座山峰、每一片云都是性灵和生命的本质。于万丈红尘中，求得一份温暖和宁静，便能心生欢喜和美好。我站在云树之间，自己仿佛也成了一棵悠然的树。此时此刻，我多么希望杜甫能看到如今人世间的和谐与繁华。祈愿众生多一分快乐，少一分忧伤。

# 秋过万州读杜甫诗感此

入川不读杜陵句，秋风秋雨多是泪。

晚钟云外寒灯乱，鹧鸪①声中空生悲。

2022 年 9 月 21 日下午 1 点。

①鹧鸪：杜鹃。

# 夜宿万州以忆杜甫

冷眼坐对云山胜，神遇大江合断魂。

孤舟何处堪停泊，天地俱空月同行。

2022 年 9 月 21 日晚上 7 点 20 分。

## 整体诗意

公元 765 年，杜甫一家顺江东下至三峡。此时，杜甫与他的国家刚刚经历了安史之乱，又遭受了吐蕃攻陷长安之痛，正带着满身伤病在历史的峡谷激流中艰难航行。诗圣面对云山胜景无心欣赏，他的精神和灵魂与滚滚江水融合一起，打破沉寂，又归于沉寂，陷入更深的沉寂和悲凉。此时的诗圣已重病缠身，却还未堕颓废之境，其内心不羁之趣尚在。尽管杜甫一家在船中历经了漂泊之苦，找不到一个停靠的地方，但在三峡生活期间，《秋兴八首》《登高》等千古名作从他的胸中喷薄而出。他怀抱理想，在天地间坚强地活着，与明月同行，睥睨万古。

# 夜读杜甫《客亭》感此

客窗含草色，孤旅惊秋风。

一雁长亭外，归棹夕阳中。

盛世多风物，家和少残翁。

生死平常事，江山任转蓬。

2022 年 9 月 22 日凌晨 2 点于万州客舍。

# 读杜甫《山馆》诗句感此

江秋晚生雾，舟轻风觉寒。

踏露行木杪，揽月坐云端。

星河时明灭，秋虫语夜阑。

途宿千里馆，夜静万家安。

2022 年 9 月 22 日下午 4 点 50 分。

# 读杜甫《西阁口号》得此

林高云低稠，江深月点头。

秋色掩危石，晚风满星楼①。

乡书②堪流涕，国事盼运筹。

盛世著汉室③，消去万家忧。

2022年9月22日晚7点42分，追寻杜甫当年之旅，赴成都途中。

①星楼：星界的楼宇。
②乡书：家乡、亲人的消息。
③汉室：这里指祖国。

# 草堂即事以忆杜甫

当年草堂月，又照诗圣家。

一宵千载度，同拂老泪斜。

清流空密藻，白鹭舞寒沙。

酒香处处得，无钱亦可赊。

2022 年 9 月 22 日晚上 8 点 23 分客在成都。

# 杜甫草堂抒怀

花竟枝含泪，落叶泣无声。

孤榻知客悲，秋露入梦深。

门扫峨眉雪，窗含万里尘<sup>①</sup>。

薄衣坐草堂，千古一胸襟。

2022 年 9 月 22 日晚上 9 点 50 分。


①尘：尘世、人世间。这里指杜甫心系百姓的疾苦。

# 游杜甫草堂以敬诗圣之魂

我梦想

千年前的一天

路过草堂　远远地

见到杜甫的背影

在烛光下无限地放大、放大

难得有一缕春光

照入枯萎已久的心房

一行喜悦的泪水

从眼角悄然滑落


从来不觉得美丽的溪岸

却绽放出无数的美好和梦想

以孤独多了一点沉郁

以悲苦多了一点清狂

以忧患多了一点旷达

以落魄多了一点慰藉

以苍凉多了一点温暖

以凄美多了一点豪迈


以目光如春雨一样洒落

以文字如秋月一样耀眼


如果　欢乐是暂时的

那么悲痛就是化成不朽诗魂的

无尽力量

2022 年 9 月 22 日晚上 10 点 10 分于成都客舍。

# 忆过湘江凭吊杜甫

比江流更汹涌的

却是静寂的心

比目光更隐忧的

却是无声的泪

怀抱①

一切在所见中扩大

仰望

一切在无望中延伸

枯坐已久的

灯光所能照亮的未来

是一叶孤篷②的黑

你等待消失

还是永恒

2022年9月22日晚上10点28分。

①怀抱：指胸怀、理想。

②一叶孤篷：公元770年初冬，杜甫病逝在北归途
中的湘江孤舟上。

# 夜宿成都读杜甫诗引乡愁

今夜一线月，客楼三更看。

老来重儿女，故梦频问安。

对镜乡心湿，温杯御霜寒。

不敢白头回，相迎泪痕干。

2022 年 9 月 23 日凌晨 2 点窗外一弯银月。

# 致杜甫

以过去给我伤痕

以未来给我开怀

以悲喜给我认知

以深情给我辽阔

以苍凉给我逸兴

以向往给我坚持

我害怕秋雨夜的失眠

更担心秋雨过后

是不是还有一个属于我的早晨

仿佛整个世界只有你的一颗心还在跳动

那一声声

失望而又期盼中的叹息

化成永恒的文字

照亮无尽的长空

正是因为你笔底的滚滚江水、萧萧落木

正是因为你心中的民族忧患、家国情怀

痛　已不算痛

伤痛之后蕴藏着深沉的力量

化作喷薄而出的千古诗篇

那是一片日月星辰对生命热爱的不朽誓言

那是一江波涛浪花对苍生呐喊的交错悲歌

那是一个值得一生去挽留的夕阳黄昏

铸就的不只是岁月

而是一颗永恒的心

用文字去俯视众生的同时

也用文字咀嚼着众生的悲苦

你以一个弱小多病的身躯

承载起

千百万劳苦大众的希望和向往

2022 年 9 月 23 日中午 12 点 12 分于丰都长江之畔。

# 追寻诗圣

如果历史上没有盛唐，会有杜甫吗？如果没有安史之乱，会有杜甫的诗吗？那是一个时代的不幸，还是一个民族的幸运？当我仰望星空，脑海里常常会出现陈子昂、王勃、李白、杜甫等诗人的名字。我把陈子昂想象成孤独的树，王勃是璀璨的流星，李白是云山上的鹤，杜甫是长江波涛中的孤篷……可能是他们的诗句，给我如此感觉。

处在和平年代的我，每次读到杜甫充满忧患和苍凉之情的诗句，总能深深感到时空的诡异和空幻。千年又如昨天，往昔又如眼前，他的眼神，他的白发，他的失眠、独坐、多病、失落，都会不知不觉、如梦幻般地追随着我的每个长夜。他的眼神带着沉沉的忧伤，他的白发显示出满满的遗憾，他的独坐让我觉得无助，他的失落让我感受到人世孤独的况味。我曾经在失眠的时候去深深体会诗圣失眠的夜夜挣扎。诗圣在我的创作灵魂中，是比黑夜更黑、比孤独更痛、比寂寞更沉、比失去更空、比江涛更汹涌的存在。我在诗句中感悟其伤病，感悟其呐喊，感悟其坚硬，感悟其力量，感悟其神韵悠长，感悟其斩钉截铁，感悟其起起伏伏的无限趣味。有时，我感动的不是诗句，而是诗圣带给我的"情怀"。如果真有一天，我能在梦里与诗圣邂逅，最想问的一句话是："此心可安否？"

纵观杜甫的一生，生活虽然贫苦，却真诚而又蕴藏可爱；生命虽然脆弱，却倔强而又充满力量。他以他的德行和意志，书写着理想，造就他一生的可贵精神。他的千古名句让后世人永远叹赏和传诵。

余有幸曾侧身于陆俨少先生数小时，见过其神乎其技的用笔技法，他是我此生非常崇敬的艺术大师之一。二十多年前就闻知陆俨少先生有一套《杜甫诗意图册》，恩师陆抑非先生曾用"宛若有幸，能得杜诗三昧也"之句表达对陆俨少先生的敬仰之意，使我印象深刻，此话至今犹在耳畔萦绕。

陆俨少先生自幼嗜画，师从冯超然学山水，曾大量临摹宋元明清作品，笔墨功底扎实。先生平生好游名山，对景写物，对物写心，从小而大，笔笔生发，因势利导，丘壑无穷。他创"留白""墨块""勾云""江涛"之法表现名山大川之万千气象，章法奇特险绝，变化入神，不可言传。

陆俨少先生于诗好杜，初学诗即以杜诗为楷式，并通读《杜甫全集》。抗战期间，国破家亡，流寓巴山蜀水的经历更加深了陆俨少先生对杜甫的一往情深，为以后的创作打下了基础。1962 年是杜甫诞辰 1250 周年，陆俨少先生为表达对杜甫的敬意，成就百开巨作，亦是陆俨少先生的传世神品之一，当今画坛无出其右。

今年 3 月，我经南昌小住，无聊闲暇之时，见案头有《杜甫诗选》，遂斗胆学陆公当年之想，初定创作 60 幅。后日渐入深，杜甫忧国忧民的高尚人格及精湛的诗艺使我无法自拔。55 个日夜，我共创作出 177 幅诗意图。"册页必须幅幅变异，笔墨章法风格设色应不一样，才不致令览者意倦，而有逐幅新鲜引人入胜之妙。"（吴湖帆语）而我步陆俨少之后尘，特别注意尽量脱离陆家的风格，创作出自成风貌的杜甫诗意图。

创作诗意图，首先必须铭记诗句于心，深谙诗意，心境、诗境合而沉淀，才能下笔通意，落墨有神。当然，过程中有快乐、有享受，亦有悲痛、有伤感。乐杜甫之乐，痛杜甫之痛，怀杜甫之怀。随着创作的深入，我仿佛置身于千年前，随着杜甫的脚步一路追寻。唐天宝六载（747）以后，"困守长安""战乱流离""蜀中漂泊""魂断湘水""落木萧萧""江水滚滚"无不让我心潮澎湃，日思夜想。唐大历五年（770）冬，杜甫病逝小舟，令余潸然泪下，痛彻心扉。

55天的创作，仿佛经历了55个春夏秋冬，只因过程太多"悲喜"，太过"忧患"，以致心脏供血不足，血压升高，血糖紊乱。在完成的一瞬间，身心俱疲，却又感得无上之能量，让我看到诗圣微笑着与我隔空对望。177幅作品虽然有点草率，尚有许多地方不尽如人意，但至少我以我的真诚，用笔墨对伟大的诗圣献上了一份深深的崇敬和追忆！

中秋后，为了能更好地创作，我开始追寻杜甫当年川湘漂泊之旅的脚步，先去平江拜谒了杜甫墓祠，后一路西进，经过了长沙、岳阳、宜昌、巫山、奉节、万州、忠县、宜宾、乐山、成都、泸州、丰都等二十多个当年杜甫经过或者暂住过的地方。尤其是夔州（今奉节），公元766年至767年两年间，杜甫在此共创作了430多首诗词，完成了人生近三分之一的诗歌创作，达到了创作的高潮。而在夔州创作的诗歌水平也是杜甫的巅峰，其中包括代表作《登高》《秋兴八首》等。

当我站在杜甫当年登高临眺、感慨身世飘零的地方，看夕阳而感落寞，听江涛而感忧伤，再回头去读杜甫满纸血泪，千古常新的诗句，让我深深体会到其作品震撼人心的巨大力量！

有了这次追寻之旅，我对诗圣多了一分认识，更多了一分敬仰，对前面创作得不满意的作品全部重新构思。后又增加了 70 幅，最终在 247 幅中选定了目前尚觉满意的 176 幅，编成集，以表我对诗圣的无限追思和敬意！

2022 年 10 月 1 日凌晨 4 点于大德堂。

# 感受杜甫

记得十岁时，我就背杜甫的《望岳》，当时似懂非懂。十年后读的唐诗多了，一直不太喜欢杜甫的作品，总觉得过于伤感和沉痛，不如李白的浪漫潇洒、飘逸上口，也不如王维的清新淡远、禅意盎然。后来一个偶然的机会，我看到了陆俨少先生的《杜甫诗意画册百开》，开始关注杜甫的诗句，尤其是"明日隔山岳，世事两茫茫""千秋万岁名，寂寞身后事""万里悲秋常作客，百年多病独登台"等诗句，瞬间击中了我的心灵，眼中不知不觉地泛起泪光。杜甫就这样深深地植入了我的心中。

杜甫和李白，是中国文学史，尤其是汉语诗歌史上的顶峰。两个人合在一起恰好完整地构成了中国唐代历史的盛与衰，开与阖，苦与乐，喜与悲。在李白的诗中我们可以见到天宝年间的繁华气象，而在杜甫的诗中我们看到的是盛唐衰败后的凄惨萧索。处于人生低谷的杜甫在诗中描述的泪目场景，简直数不胜数。读杜甫的诗每每给人一种此恨绵绵、余意不尽的感觉。纵观杜甫多舛的一生，诗中有着浓得化不开的深情，包括友情、亲情、爱情、家国情，当然最深沉的是为国为民的忧患之情。杜甫的忧国忧民之情在他的笔下汩汩而出，流淌至今，深深打动着人们的心。

美国诗人雷克斯罗斯翻译过中国很多古诗。他认为杜甫诗歌所关心的，是人与人之间的爱，人跟人之间的宽容和同情。他这么评价杜甫：他是有史以来在史诗和戏剧以外的领域里最伟大的诗人，在某些方面他甚至超过了莎士比亚和荷马，至少他更加自然和亲切。鲁迅先生这样说杜甫：我总觉得陶潜站得稍稍远一点，李白站得稍稍高一点，这也是时代使然。杜甫似乎不是古人，就好像今天还活在我们堆里似的。

有时觉得杜甫就像是一个生活在我身边的慈祥老者，既亲切又可爱，让人同情。想着想着，读着读着，泪水不知不觉地流了下来。湘江之上那一叶孤舟载着杜甫的灵魂消逝的那一幕，时时会出现在我的脑海，永远无法抹去那惨淡悲凉、孤独凄怆的画面。当孤舟沉没，随着一江湘水逝去的，不单单是诗人的灵魂，还是一个时代的命运。"正是江南好风景，落花时节又逢君。"千年以后的江南，年年都是好风景，与杜甫当年时世凋零丧乱与凄凉飘零之感的落花时节已完全不同了。如今的落花时节恰是一派欣欣向荣、国泰民安的新气象。如杜甫地下有知，一定会写出另一番风味的诗歌，来慰藉心灵吧！

　　2022 年 10 月 2 日凌晨 3 点于大德堂。

# 如以同归

## ——作《杜甫诗意图集》记

如此<sup>①</sup>

以我的泪

与你同情<sup>②</sup>

如此

以我的心

与你同归<sup>③</sup>

如是<sup>④</sup>

有一座山峰

记着我们千年约定的缘分

如是

有一片白云

隐藏着前世今生的记忆

如此

倾注我一切的仰望

如是

所有的行藏

承载你所承载

证悟你所证悟

如此

我将生命里全部的追求、快乐和泪水

倾注于你

在你的字里行间

认识孤独和远方

如是

有一片光

坚守在我的心里

照亮通向你的路

2022 年 10 月 15 日中午 12 点 29 分。

①如此：如此这般。
②同情：相同的感情。
③同归：相同的追求和梦想。
④如是：就是这样。

# 秋夜客旅读杜甫诗得此

倦客滩头宿寒星，世路崎岖多独行。

吟诗长忆杜陵句，白发秋风乱泪痕。

2022 年 11 月 11 日晚上 9 点 30 分。

# 杜甫

伟大的生命只需要一次旅行

孤独，足够一千年的等待

在千山万水中

留下一个民族的辛酸

2022 年 11 月 13 日晚上 10 点 22 分。

# 读杜甫《秋兴八首》感此

泠泠瘦月苍山寒，杜陵秋兴千载在。

江湖十年孤舟去，清茶一杯敬流年。

2022 年 11 月 17 日下午 3 点。

# 过白帝城下杜甫西阁留句

水阁夕阳远近红，到处漂泊听秋风。

客里岁晚临江恨，杖头寒衣送飞鸿。

2022 年 11 月 28 日午夜 0 点 28 分，客里秋冬临江东望，深感诗圣当年遗恨，于今盛世，我辈当更加珍惜眼前的美好时光。

半 生 旧 梦

BANSHENG JIUMENG

# 元旦感悟

世上所有的人生

生命之灯终究要熄灭

关键是能不能照亮属于自己的世界

并温暖着周围的世界

人的一生不需要去计较得到多少

而是

此生能为这个世界留下什么

2022 年 1 月 1 日凌晨 1 点 44 分。

# 半生旧梦兴不穷（一）

半生旧梦兴不穷，六法能与梦里通。

自是我心游物外，千里云山在此中。

2022 年 2 月 26 日凌晨 3 点 55 分画堂梦醒即成。

# 半生旧梦兴不穷（二）

半生旧梦兴不穷，落笔誓将天地通。

何须着屐寻春去，一夜花开笑春风。

2022 年 2 月 26 日凌晨 4 点梦醒画余即成。

# 画堂觉梦

画堂香冷午夜灯，青灰落尽心落定。

前世梦寐今又现，坐看明月已忘身。

2022 年 2 月 27 日凌晨 4 点 18 分。

# 缘去

人海俗流惜红颜，一示拈花破大千。

缘去红尘无住著<sup>①</sup>，此心入空日日闲。

2022 年 2 月 27 日凌晨 4 点 59 分。

①著：此处同"着"，介词。无住著：无处可住。

# 月下山行

淡月分林壑，疏云自飘然。

邀我穿云去，听风共月眠。

山深忘归路，路远尘外天。

忽恍一朝夕，人间过几年？

2022 年 2 月 28 日凌晨 2 点 40 分。

# 午梦顿觉

梦里尘世梦外见，仿佛前生忽重来。

人间本是修行场，尽消缘起又缘灭。

元知繁华非我属，更恋尘外一片云。

问君可听东逝水，流尽年光去声声。

2022年2月14日下午2点44分。

## 午夜漫成

红尘万劫难悟透，痴心男女空生愁。

长恨欢娱总非我，相逢不必问何由。

2022 年 4 月 1 日凌晨 1 点 33 分。

## 独立书房偶感

万里归鸿不知遥，风雨八荒路萧萧。

尘世迁转人情薄，浮生觉来总难了。

2022 年 4 月 2 日午夜 0 点 50 分。

# 念旧

饮酣揽月苍，醉步笑清狂。

听风拂旧恨，扫叶心飞扬。

名人皆寂寞，真才出寒窗。

荣华多虚忙，雅士少酬场。

莫笑世情薄，浮云两茫茫。

一别声珍重，从此各鬓霜。

2022 年 4 月 2 日凌晨 2 点 57 分。

# 登楼

锦衣宝马皆如梦，此身似雾又似风。

归棹几度云相逐，登楼一望心地空。

2022 年 4 月 2 日清晨 5 点。

# 礼佛

我从小受外婆影响，一心礼佛，至今整整四十年了。

——题记

礼佛四十年，坛经①住心田。

归路②无还有，一笑百花开③。

2022 年 4 月 7 日凌晨 4 点 30 分。

①坛经：指禅宗经典《六祖坛经》。

②归路：指人生的道路，也指此生以后的道路。

③一笑百花开：指笑对人生，今后的道路都是美好的。

# 致观音寺住持

楼阁春半灯火晚，花径风满鸟声闲。

半壶清茗醉俗客，一香无语出真禅。

2022 年 4 月 7 日下午 6 点 30 分。

# 独夜

目空江湖一雁尽，心存风雨千家灯。

笑揽明月应有路，静观沧海破浪行。

2022 年 4 月 7 日晚上 10 点 15 分。

# 望月

月以无情照，人在月下老。

他年再相见，明月仍朗照。

和光浮白头，去来愧问道。

何年挂一帆，邀月共逍遥。

2022 年 4 月 8 日凌晨 4 点。

# 对景

故梦寥寥近半寒，往事潇潇一丝烟。

看云不留天地间，远送雁过夕阳边。

浮生游观付林泉，白发对景意苍然。

虚开六尘坐禅衣，佛堂一灯照四海。

2022 年 4 月 12 日下午 3 点 12 分。

# 雨过晨起（一）

云开山前万木春，一花一草藏神灵。

岑子①俗眼无缘见，花笑水欢空相迎。

百年寻真②终徒劳，仰愧罗浮③且营营。

平生怀抱意茫然，不贪锦袍留虚名。

2022 年 4 月 26 日上午 9 点。


①岑子：我自己。

②寻真：寻找世外高人或者得道高人，亦指追寻美好的人生道路和归宿。

③罗浮：罗浮山，道教名山。这里指人生高远的境界。

# 雨过晨起（二）

尘世空寂一片云，坐看往来本无心。

平生不做钓誉客，耻与众家争高名。

2022 年 4 月 26 日上午 10 点。

# 午夜独坐

竹光月冷三更寒，花香梦暖半遮阑①。

聊试新茶坐禅衣，独享江南四月天。

2022 年 4 月 29 日凌晨 1 点 55 分。


①阑：同"栏"。

# 独居（一）

踏雪峨眉巅，揽月庐山堂。

片云皆诗情，碧波逐心浪。

泛舟载星河，挂席觉海上。

独居清气象，寂寞开文章。

2022 年 4 月 29 日凌晨 3 点 50 分。

# 独居杂吟

经年倚身云水间，踏破星辰付苍颜。

秋风吹老三更梦，归雁一排带月还。

抚景长吟多胜慨，千里寻真寸心难。

生生世世空余情，朝朝暮暮是家山。

2022 年 4 月 29 日晚上 10 点 13 分。

# 望野

野望诗兴长，乡思连草生。

雁过千重山，帆带一片云。

携句入幽径，冷看拂衣行。

步应苏公<sup>①</sup>屐，侧身子云<sup>②</sup>亭。

风光少年时，身老漂泊心。

禅榻忘辱累，笔墨洗襟尘。

2022 年 4 月 30 日午夜 0 点 55 分。


①苏公：苏东坡。
②子云：西汉辞赋家、思想家扬雄，被后来的学者
誉为"汉代的孔子"。

# 端午晨吟

对此色界几尘劫，夏梦天真已淡然。

花开无由非实相，坐空身世忘余年。

2022 年 6 月 3 日早上 8 点 45 分。

# 端午晨行随记

此身此行此美景，问花问水问来生。

世人只知春梦好，夏梦难了总关情。

2022 年 6 月 3 日上午 9 点。

# 七夕，夜空中

夜空中

有一道星光闪过

曾以为　这是我最喜欢的片刻

我不懂

星空为什么如此辽阔

星河为什么会如此寂寞

只是　因为我们怕得到的太多

只是　因为我们怕失去的太多

有没有

一片忧郁的彩云

记着我们前生注定的缘分


孤独　是因为我们太执着自己的追求

是因为我们太在乎自己的欲望

有没有

那么一颗流星

一瞬间的划过

隐藏着前世今生的相遇

与岁月一起走过的

不是时光　而是付出

与生命一起流逝的

不是伤痕　而是记忆


有没有

一片属于我的浮云

漂泊曾经是因为太在乎今生的短暂

如果此生还有重逢

如果此生还有什么放不下的

只是　因为人世间的拥挤

还是人世间的冷漠

有没有

心中最初存在的净土

有那么一段温暖的回忆

让泪水

统统融化成彼此的不朽


2022 年 8 月 4 日晚上 10 点 48 分。

# 何曾想过

何曾想过

人生的风景

也会起起落落

常常忆起

心中的最爱

一丝丝化为无尽的谢幕

微笑

把孤独藏起

回望

把往事尘封

如果

相逢只是为了每一次别离

只希望

别把自己忘记

2022 年 8 月 9 日午夜 0 点 19 分。

# 面对面

## ——中秋后为自己生日存记

面对面

坐着

风从我与画之间吹过

吹起了发梢

吹起了往事

吹起了时空隔着的世界

吹起了对昔日的牵挂

吹起了眼角的泪光

吹起了心底久违的涟漪

吹起了对尘世的敬意


面对面

坐看

坐看生命走过的影子

坐看秋光无边的惬意

我伸手

托起一轮明月

淡淡的流年

掉进早已注定的过往里

轻轻地

遗忘了自己

浓了一片思念

　　2022 年 9 月 15 日五十四周岁生日，9 月 16 日凌晨 3 点 40 分画余得此。

# 午夜诵《华严经》得句自省

无欲清凉月，无念游于空。

无心①自垢净，般若观照中。

入世觉尘劳，悲喜无著底②。

觉行③百花香，觉来④菩提起⑤。

世态多更变，人海随逐轮⑥。

如来如法界，常现涅槃门⑦。

2022 年 9 月 16 日清晨 5 点。

①无心：无分别心、贪欲心。

②著：此处同"着"，介词。无著底即无底，指没有底部，形容极深。无限度。

③觉行：以如来正觉之念去行世。

④觉来：得到正确的觉悟。

⑤起：发生、兴起。菩提起：得到了大彻大悟，明心见性。

⑥轮：人世轮回。

⑦涅槃门：涅槃重生之门，亦指得到解脱，得到美好圆满的结果。

# 感时

白发送春①归，感时惜流芳②。

江湖过客多，风雨野花香。

苍山明月孤，碧水云气苍。

人间不同梦，只留画名长。

2022 年 9 月 20 日晚上 7 点 22 分画余偶感。

①春：青春年华，亦指人生的大好年华。
②流芳：春天。

# 赠别

## ——寄关中朋友

秋兴感胜事，相逢庆余杯。

花树自有梦，一朝为君开。

远书知珍重，折枝惜临别。

江湖多奇缘，山水意相连。

2022 年 11 月 2 日下午 1 点 33 分。

# 十月十五月圆之夜感此

秋风习习犹好色，野草依依觉春回。

无限多情旧时月，相望一笑大江前。

2022 年 11 月 8 日晚上 7 点 36 分。

# 归怀

行年五十余，白发付青尘。

快意自洒落，退思逃①禅门。

穷尽无俗骨，富足知幽情。

砚池拂沧海，案头挂月明。

2022 年 11 月 9 日凌晨 2 点。

①逃：入。入禅修心之意。

# 感怀（一）

丈夫磊磊空虚名，快意荡荡扫浮尘。

五十四年自洒落，甘以白头付丹青。

2022 年 11 月 9 日晚上 10 点。

# 感怀（二）

一梦初醒五十春，自愧病老小画生。

人生达命须放歌，掷笔凌空吐月明。

2022 年 11 月 9 日晚上 10 点 10 分。

# 对镜

寒露沾花看不清，叶落敲窗听无声。

明月满庭迷旧年，对镜一笑觉前生。

2022 年 11 月 10 日凌晨 4 点 30 分。

# 而

秋月穿过树林

而我如一片落叶沾了一点光

秋风在树梢低语

而我孤独成临风的往事

2022 年 11 月 13 日凌晨 1 点 20 分。

# 风月无边之夜即事

辛苦寒窗灯虚明，寂寞秋风花无尘。

懒以月明同枕眠，一榻风月即禅心。

2022 年 11 月 13 日凌晨 1 点 57 分。

# 路

即使方向错了

如果是美景

何尝不是一种收获

2022 年 11 月 13 日晚上 10 点 35 分。

# 回头

我不敢回头看

年轻时的一些片段

无非是充满荒唐的自由

2022 年 11 月 14 日凌晨 1 点 27 分，发现很多往事回头太难。

# 心归何处

西窗秋多月正斜，雁过愁煞双鬓花<sup>①</sup>。

欲攫此心无归处<sup>②</sup>，不知漂泊落谁家<sup>③</sup>。

**2022 年 11 月 14 日凌晨 2 点 46 分作秋居图题记。**

①双鬓花：双鬓斑白。

②欲攫此心无归处：攫，抓住。此句指很想抓住自己漂泊异乡无处安放的心。

③不知漂泊落谁家：指不知明天会漂泊到何处，何处才是心的归宿。

# 面具

这世间

有很多荒诞的理由

只为自己美丽的面具

2022 年 11 月 14 日凌晨 3 点 40 分。

# 独坐

秋雨风寒添花灯，一香独坐似老僧。

对镜聊发三生梦，眼余尘土本空明。

2022 年 11 月 15 日凌晨 1 点 5 分。

# 秋在客楼夜宿以忆故友

秋在客楼处，月归小舟渡。

天怜乡心远，转蓬杯酒苦。

恨无锦绣笔，点染御寒风。

春梦淡无痕，昔年两袖空。

相逢偶安排，举足沉浮中。

身老回忆多，人去如归鸿。

2022 年 11 月 15 日晚上 9 点 39 分。

# 天涯秋梦

心系落花写秋光，写得秋光泪两行。

逐名①从此天涯远，梦里常愧对高堂②。

2022 年 11 月 16 日凌晨 1 点 33 分。


①逐名：追逐梦想，追求理想和名利。
②高堂：父母。

# 礼敬本焕老和尚法相

一朵祥云坐谪仙，化作青莲处处开。

苍翠梧桐①岭头月，照归黄鹤已十年②。

2022 年 11 月 16 日晚上 10 点 50 分岑其合十。

①梧桐：深圳最高峰梧桐山，本焕老和尚晚年曾在此讲法传道。

②十年：本焕老和尚圆寂至今十年。

# 礼敬本焕老和尚

坐府丛林<sup>①</sup>窥四方，气御禅门连八荒。

只借梧桐一片风，振衣南国凌苍苍。

2022 年 11 月 17 日下午 2 点 40 分，佛弟子岑其合十。


①丛林：和尚聚居修行的处所，后泛指大寺院。

# 清白人生

人的一生　无非生死

人的生死　无非留名

人的留名　无非清白

清——乃无欲无求的行为

白——乃无污无浊的留痕

清是处世如明月

白是初心不染尘

人的一生　无非在心

心若淡然　一生好运

2022 年 11 月 17 日下午 3 点 43 分。

# 午夜梦醒有所念

千生觉来尘世梦，一念洗尽莲花开。

写得云山放鹤去，自画心路踏月来。

2022 年 11 月 21 日凌晨 4 点。

# 惜红尘

红尘滚滚白浪翻，万千人事争杯羹。

世人难了苦与泪，只因苍生皆贪名。

落花水流清凉地，明月空照淡然心。

百年一瞬无遗憾，老来温暖共剪灯。

2022 年 11 月 21 日晚上 10 点 22 分。

# 客里

秋池花雨后，风寒水月清。

客里看旧历，惆怅忽又春。

他乡终日忙，归途乱诗情。

自古好山色，独堪万里行。

2022 年 11 月 25 日上午 9 点。

# 小聚

有志当远游，迢递意可畅。

世情易翻覆，人世多炎凉。

小聚酌余欢，别途逐风霜。

本是同归客，觉来梦一场。

2022 年 11 月 27 日下午 2 点 45 分。

# 常念

春水行空花万里，秋月无边诗半榻。

此生留迹嗟俗骨，笑我新愁问<sup>①</sup>僧家<sup>②</sup>。

独立吟风抱墓石，寂寞长歌枕云霞。

多少旧友无消息，常念安身天一涯。

2022 年 11 月 30 日午夜 11 点 11 分，在独居中，心情不好不坏，思绪不多不少，念想昔日众多好友得此存记。

①问：这里为拜谒、问道、讨教的意思。
②僧家：高僧大德。

# 待

琴书入座听秋风，掷笔快扫开阴阳。

魂离飘飓娑婆树，魄化青鸟欲飞扬。

振衣脱骨气凌苍，驱遣溾浼①吞大荒。

直待乾坤朗朗日，高歌一曲九回肠。

2022 年 12 月 1 日凌晨 1 点 30 分。


①溾浼：污秽、丑陋。

# 闲适

人间寻仙道，寻仙无路觅。

所嗟皆俗骨，仙路在心间。

忙时踏月归，闲来花下弹。

百年不留恨，欢喜胜神仙。

2022 年 12 月 1 日凌晨 3 点 30 分。

# 诵读大乘佛法感此

入世应酬多，常念阿弥陀。

卷帘尘世空，一辞万虑愁。

花开独瞑目，月明挂心头。

时拈大乘经，众生皆为佛。

2022 年 12 月 1 日晚上 9 点 40 分。

# 梦醒

风凄凄、雨涟涟，
去年燕子何时回？
梦里喜闻春消息，
心卷寒星意适然。

2022 年 12 月 2 日午夜 0 点 40 分。

# 心生

心生并蒂莲，一笑慈眼开。

常行菩萨道，平安即富贵。

2022 年 12 月 2 日凌晨 1 点 05 分。

# 独居（二）

独居好梦少，闲情消磨尽。

开窗乞尘世，当头无昏晨。

忽闻犬吠过，声猥几狰狞。

迟迟忘洗漱，醰醰<sup>①</sup>对孤影。

莫作邯郸步，焉能是非论。

非智亦非愚，赖活有限身。

2022 年 12 月 2 日凌晨 1 点 45 分。

①醰醰：醰，醋。醰醰，这里指心里酸酸的感觉。

# 仁心

仁心峨眉侧，系情匡庐秋。

开卷醉千客，一笔动地歌。

2022 年 12 月 2 日晚上 7 点 40 分。

# 入佛

身披锦袍空冠戴，脚着皮靴不着边。

青灯破衣一草鞋，此心入佛踏金莲。

2022 年 12 月 2 日晚上 11 点诵《金刚经》得此。

# 遗世①

寒夜身茫茫，独居无日光。

只今过中年，难抵半宵长。

人生如蜉蝣，惊起一夜伤。

枕藉栖冷月，遗世拒风霜。

2022年12月3日午夜0点20分。


①遗世：超脱尘世远离喧嚣之意。

# 梦中

心海卷涛正茫茫，梦中快马千里光。

一眼欲破九重天，身披日月揽八方。

2022 年 12 月 3 日凌晨 1 点 5 分。

# 虞美人·独倚

独倚寒窗忘梳洗，手沾滴滴雨。旧梦反复夜更长，半无温暖更堪半凄凉。

人事大多空尘劳，虚名博一笑。梧桐引风叶萧萧，飘零似我豪情付江潮。

2022 年 12 月 4 日午夜 0 点 22 分。

## 敬延匔法师教

万千荣华皆尘埃，何不放下在眼前。

生来都是黄泉客，何苦难为每一天。

2022 年 12 月 4 日中午 11 点 50 分。

# 次韵刘伯温诗以寄虚空藏能利法师

丝丝暖雨抱翠微，秋涧花树共依依。

天半夕阳落霞绮，层岩凝寒积素衣。

芙蓉两岸归棹到，零落隔江雁自飞。

古寺深掩禅心定，一任钟声已忘机。

2022 年 12 月 8 日下午 1 点 27 分。

晨访暮拜

CHENFANG MUBAI

# 游天童寺①

常忆东南佛国游，太白山下藏经楼。

更有一番堪画处，春来桃花碧水流。

2022 年 2 月 25 日晚上 10 点。

①天童寺：位于宁波市东 25 千米的太白山麓，佛教禅宗五大名刹之一，号称东南佛国。

# 晨过金山禅寺

雨过迥无尘，云开远山新。

摩挲太古钟，今来听心声。

2022 年 3 月 20 日早上 7 点 50 分。

# 晨访真如寺

坐看云山共苍茫，雁字无心自来往。

天涯回首万里情，思如秋水一帆长。

此去仿佛灵山会，如是何年破尘网。

振衣凌空挂嵯峨，引臂揽月横沧浪。

大醉太白是前身，放杯千年学清狂。

遣尽万愁了色空，蜕骨不作生死忙。

2022 年 4 月 2 日中午 11 点 35 分。

# 晨过观音古寺

细雨播晨光，春风带微芳。

十里花径深，蜂蝶各自忙。

止语绕步行，不敢发高声。

问禅水中花，一滴甘露明。

2022 年 4 月 4 日下午 1 点。

# 双龙寺

野寺①雨过破新篁②，古塔柳絮掩迷蒙。

香灯影里见③双龙，遥听一吼狮子堂。

老禅谈法说行藏④，笑指落花空芬芳。

唯有门前一派溪，千转百回⑤去茫茫。

2022年4月8日清晨5点。


①野寺：山野之间的寺。

②破新篁：破土而出的小竹子。

③见：现。

④行藏：人生的道路、方向和意义。

⑤千转百回：指水流的遥远，寓意人生的道路曲折
又艰辛。

# 大觉寺

十里翠竹隐山麓，一枝长松破云出。

遥听钟声在上头，不知野寺藏何处。

洞门老僧迎我笑，莲池古木微颔首。

浮名愧对佛前灯，半生如梦感俗流。

2022 年 4 月 10 日凌晨 1 点 12 分。

# 作《虎溪三笑图》以忆东林寺旧游

野竹掩孤塔，灵峰移片云。

虎溪双涧合，尘世一桥分。

幸作东林客，飘落紫薇时。

笑别千年后，方知无生死。

2022 年 4 月 11 日下午 3 点 20 分。


**备注**

　　庐山东林寺"虎溪三笑"的故事在唐代已经流传开来。陶渊明、陆修静、慧远大师三人代表着儒、道、佛三教。此故事虽然为虚构，但是它是当时思想界佛、道、儒三教融合趋势的一种反映。

# 云居山真如禅寺

世人多重名利场，虚为功德破圆相。

六尘顿觉如满月，空照浮生入心凉。

芳华一谢归尘埃，瘦木千古挂锡杖。

到此门庭无所求，借得敝帚扫夕阳。

2022 年 4 月 27 日下午 4 点 50 分。

# 能仁寺夜宿

半生寥落春渐老，一钵风云万水遥。

立向莲台问佛祖，俗人不识拈花笑。

2022 年 5 月 1 日晚上 9 点 50 分。

# 能仁寺夜宿无眠

夜鸟两三声，古寺月下深。

禅房冥坐久，空相已无心。

梦消眼前事，灯影觉后身。

香冷窥生灭，自扫落花尘。

2022 年 5 月 2 日凌晨 3 点。

# 西林寺晨归

春云掩空翠，花雨流微香。

僧老俗客少，寺幽法脉长。

莲池三界净，禅房一席凉。

晨钟引步轻，高阁<sup>①</sup>揽天光。

2022 年 5 月 2 日下午 5 点 23 分。


①高阁：指藏经阁。

# 过建瓯光孝禅寺

青嶂起鸿蒙，南山传余钟。

拈将一片禅<sup>①</sup>，得似送凉风。

2022 年 8 月 20 日清晨 5 点 40 分，忆 16 日午间冒酷暑游建瓯南山光孝禅寺感此。

①一片：数量词，在此用于人的心情、心地、心意等。一片禅，这里指一片禅意。

# 忆建瓯光孝禅寺旧游

身为明光化甘霖，应以大孝事众生。

万物由来俱空相，四海无家皆禅心。

2022 年 8 月 20 日清晨 6 点 12 分。

# 过南华寺

心若菩提路，尘埃莫滞留。

虚名似白露，身灭如泥牛。

不息清江水，更迭江上舟。

帆去无挂碍，空得①六波罗②。

2022 年 8 月 22 日晚上 8 点过韶关南华寺所得。


①空得：指心空才能得到。

②六波罗：指六波罗蜜，又称六度万行。分别为布施波罗蜜、持戒波罗蜜、忍辱波罗蜜、精进波罗蜜、禅定波罗蜜、般若波罗蜜。

# 南华寺归来作

气挹南华经六朝①，万般尘埃至此消。

如来正法无南北②，顿渐③共拈一花笑。

2022 年 8 月 22 日晚上 8 点于韶关客舍。


①六朝：这里指唐朝时六祖慧能在南华寺布法，至今已有六个朝代。

②南北：指禅宗之南北两派。

③顿渐：南宗主张顿悟，北宗主张渐悟。这里指禅法无南北之争，应该是和谐一体的。

# 南华寺拜读《六祖坛经》

无声日月挂上头，无灭天地留正传。

诵读八万四千偈，不如六祖一心禅。

2022 年 8 月 22 日晚上 9 点 21 分。

# 客韶关拜谒六祖大师塑像

如高山云开，来北渐南顿。

正佛道不殊，法真如本性。

观山色无边，听云水无声。

念随八方去，心如秋月明。

千年一心传，温暖万家灯。

2022 年 8 月 22 日午夜 11 点于韶关北江之畔，岑其合十。

# 南华寺行记

锦幡霓旌北江东，六祖大名万古钟。

借此坛经三两句，引我清凉一禅风。

2022 年 8 月 23 日上午 9 点 23 分。

# 南华寺拜谒六祖真身

曹溪气清无俗物，到此许身心自空。

不识文字不拜佛，冷看世事纷纷送。

2022 年 8 月 23 日上午 10 点。

**备注**

六祖慧能大师主张：直指人心，见性成佛。不立文字，自性真空。依义不依语，不执着于法才是真法，不执着于佛才是真佛，"万法皆空，顿悟成佛"。

# 南华山拜谒六祖真身得句

向师①借一梦，了此三心②空。

抠③衣躬④余生，翳然⑤适飘蓬。

2022 年 8 月 23 日上午 10 点 30 分。

①师：指六祖大师。

②三心：六祖指出的心生、心动、心灭。

③抠：提。

④躬：躬行佛道，礼敬诸佛。

⑤翳然：遮蔽。这里指放下俗事，淡然、不张扬地生活。

# 南华寺礼敬六祖真身

传法不传经，无字亦无尘。
万物本空相，无心①皆禅心。

2022 年 8 月 23 日中午 11 点 15 分。


①无心：即空心。应无所住，而生其心。去掉虚妄
心、分别心、执着心。

# 南通天宁禅寺访德慧法师

高塔<sup>①</sup>凌太虚，古木<sup>②</sup>隐禅风<sup>③</sup>。

到此五阴<sup>④</sup>觉，都付千年钟<sup>⑤</sup>。

2022 年 8 月 28 日下午 4 点 9 分。


①高塔：天宁寺光孝塔。

②古木：寺内有两棵近三百年的银杏树，枝大而叶茂，非常壮观。

③禅风：天宁禅寺属禅宗临济宗一脉。

④五阴：指色、受、想、行、识五阴，亦指杂念、贪念、俗念、妄念、名利念等。

⑤千年钟：天宁禅寺建于唐朝咸通四年（863），至今已有 1100 多年的历史。

# 过南华寺（一）

曹溪掬水知几尘，宝林门外彩云生。

与僧不谈人间事，一步一趋如梦行。

2022 年 11 月 28 日中午 12 点 15 分。


# 过南华寺（二）

曹溪即琴听无弦，奏响流水与高山。

为君盛开莲花座，顿参南国第一禅。

2022 年 11 月 28 日中午 12 点 50 分。

# 过南华寺（三）

振衣杖抉南华云，拈花身皈六祖禅。

千年一灯曹溪月，钟声漫传九州山。

2022 年 11 月 28 日下午 1 点 9 分佛弟子岑其拜记。

# 过方竹寺

寻隐适可怜，问道竟何许。

翠竹万竿烟，钟声三秋雨。

2022 年 11 月 29 日中午 12 点 30 分。

# 题画杂咏

TIHUA ZAYONG

# 题仕女图

落花断送空多情，只消几个旧黄昏。

镜里迎笑夜夜凉，何时盼到去年春。

2022 年 1 月 1 日凌晨 1 点 23 分。

# 题苕溪春雨

画楼旧梦三更月，笔底烟花初春雨。

偶向纸上看山色，他时拟棹苕溪去。

2022 年 2 月 23 日清晨 6 点 20 分。

# 题秋江图（一）

溪烟霏霏归晚翠，濯足听水泛秋声。

纵有马良神笔在，一片乡愁难画成。

野袂青霞起古城，云外孤雁邀我行。

万古江水何处去，空向碧波问前程。

2022 年 2 月 27 日凌晨 3 点 46 分。

# 题泼墨芭蕉图

满枝相思为谁梦，恼人芭蕉一季风。

水空月落花无语，池上往事惜残红。

2022 年 2 月 2 日凌晨 4 点 15 分画余即兴。

# 题云山空怀

尘烟空怀霭苍茫，只身零落向昏黄。

知是前途风雨后，载取片云归画堂。

2022 年 2 月 3 日早上 8 点 7 分画余即兴。

# 题梅

飘零不做沧州梦，踏雪常伴孤月眠。

坐对一枝相逢笑，留得余香自绵绵。

深知身老如春雪，白发心情过中年。

诗里岁月画里魂，无花无酒无余憾。

2022 年 2 月 11 日午夜 0 点 26 分。

# 题寒夜望江

寒月带霜故梦深，夜船吹笛雁声声。

中年情绪怕登楼，一帆江流天地心。

2022 年 2 月 12 日凌晨 3 点 30 分。

# 松泉图

平生大观丘壑中，丹崖空翠挹仙风。

到处云山皆入梦，梦里万丈起苍龙。

飞泉放歌带秋烟，野鹤相迎立古松。

寻到云散鸟飞尽，夕阳平添满山红。

2022 年 3 月 4 日凌晨 1 点 51 分。

# 题芭蕉图

思满空山夜独行，竹径长松月微明。

旅人最恨芭蕉秋，怕听窗外风雨声。

2022 年 3 月 4 日下午 6 点 26 分。

# 题云山高隐图

恣心自寥朗，云山入目爽。

年老无所事，观花读书堂。

2022 年 3 月 6 日凌晨 4 点 22 分画余自抒也。

# 题芍药

和风十里三更梦，花香月淡破醉容。

脉脉含情带春泪，写来同心湿轻红。

2022 年 3 月 8 日凌晨 1 点 27 分。

# 题云山林泉图

绝巘藏云抱林泉，奇壑滞雨几何年。

遥看莽苍路孤迥，断崖直上是蓬莱。

2022 年 4 月 7 日凌晨 3 点 50 分。

# 题一雁千里图

千里停云如入画，一雁不飞欲征程。

半生漂泊徒回首，笔底家山看月明。

2022 年 4 月 9 日凌晨 1 点 45 分。

# 云水夕阳图

南山雨晴北山红，云水夕阳半迷蒙。

古木苍苍起遥岑，何必更寻米南宫①。

2022 年 4 月 10 日凌晨 2 点 39 分。

①米南宫：北宋书画大家米芾，创米家山水法，以
画烟雨云山出名。

# 桃源图

碧波山前一抹红，归舟错认桃源东。

催料不到仙家地，却赢福田入画中。

2022 年 4 月 10 日中午 11 点 40 分。

# 春江图

春风啼鸟白云天，杨花柳絮共晚烟。

白帆一片去茫茫，碧波千顷草芊芊。

2022 年 4 月 10 日下午 2 点 10 分。

# 题秋江渔火

秋江冷云易黄昏，孤雁斜阳感飘零。

野渡月落半船风，晚凉渔火招乡魂。

2022 年 4 月 10 日午夜 11 点 27 分。

# 题秋野坐断

雨过飞鸟投，落日浮东流。

树树泣秋声，山山带乡愁。

远帆入云霓，近烟拖翠微。

花香生幽趣，林梢抹余晖。

野望留此相，坐断忽开朗。

了心几何年<sup>①</sup>，空山自长往。

2022 年 4 月 11 日下午 1 点 13 分画余偶成。

①了：了却；心：心愿；几何：多少。此句全句的
意思是：了却这份心愿，不知需要多少个年头？

# 题春望图

又见去年燕双飞，卧愁览物旧消息。

半榻明月三更梦，一寸断肠且千里。

2022 年 4 月 13 日凌晨 1 点 55 分画余即题。

# 题泼墨云山

四月风雨急，揖<sup>①</sup>云入画堂。

泼墨湿林杪，拂水抹烟光。

东溟浮夕曛，西海凝微蒙。

天风振岭表，大江起苍茫。

幽潭藏蛟龙，深壑隐孤芳<sup>②</sup>。

抱琴追羽客<sup>③</sup>，千载一来往。

2022 年 4 月 25 日雨晚上 10 点 48 分。


①揖：请。

②孤芳：指高士、仙人之意。

③羽客：同"孤芳"。

# 杂咏

笔自离心墨离尘，写来空处求画魂。

非山非水亦非色，无笔无墨破混沌。

2022 年 4 月 30 日午夜 11 点 45 分。

# 题秋江归棹

野渡夕阳听暮蝉，烟水浅红雁去晚。

回首乡心无限秋，芦花深处一舟还。

2022 年 5 月 1 日午夜 0 点 8 分画余即成。

# 题观山图（一）

剑笔寒锋扫尘埃，画堂坐冷一千年<sup>①</sup>。

敢从空白<sup>②</sup>布纵横，我写我山独自看。

2022 年 5 月 1 日晚上 9 点 15 分。

①一千年：指研习千年以来宋元明清的笔墨技法。
②空白：留白空间。

# 题高隐图

修竹虚堂莲池清，梯云踏月天路近。

千年坛经炼真骨，一卷《离骚》铸诗情。

梦里落花已成灰，觉来常扫眼前尘。

坐余身世寄青山，欲从茶禅得长生。

2022 年 5 月 3 日午夜 0 点 17 分画余得句。

# 题花蝶图

浅笑留春香梦远，

空了楼阁，

别了亭台。

夕阳旧雨兼新雨，

坐吟又徘徊。

幽怀如许寻几回，

难了旧约，

却了朱颜。

年年花开又花谢，

问花花无言。

2022 年 6 月 24 日晚上 8 点 30 分。

# 题笔底家山

风起烟波尽荡胸，十月江南映丹枫。

笔底自有家山在，开卷著我最高峰。

2022 年 7 月 19 日午夜 11 点画余偶成。

# 题老笔叠成数峰闲

老笔叠成数峰闲，六法①三昧生心间。

起向尺素掷大千，何将气势夺荆关。

2022 年 7 月 19 日午夜 11 点 30 分画余偶成。

①六法：指画有六种法则，出自南朝谢赫《古画品录》。

# 题一棹云山

为寄<sup>①</sup>香光<sup>②</sup>画入禅，烟树淡秋自萧然。

与君滩头看斜阳，一棹云山已千年。

2022 年 7 月 19 日午夜 11 点 55 分画余偶成。

①寄：寄托。仰慕、学习的意思。

②香光：香光居士，指明代书画大师董其昌。董提倡以禅入画。

# 题夕阳云山

夕阳树色藏暮雨，一雁归棹送晚霞。

深信此中有高卧<sup>①</sup>，更羡岭上野人家。

2022 年 7 月 20 日午夜 0 点 30 分画余所得。

①高卧：高人、高士，又作仙人。

# 题空江图

云帆落日明，晚霞映空江。

楚天正浩浩，碧水去何长。

2022 年 7 月 20 日中午 11 点 45 分。


# 题溪桥秋深图

拟向溪桥写丹枫，最堪笔底试西风。

秋深无力失芳菲，与君添取一枝浓。

2022 年 8 月 21 日晚上 10 点。

# 题秋山听泉

心远绝尘迹，闲对云山绿。

四面落秋风，听泉入深竹。

2022 年 9 月 9 日凌晨 2 点 55 分。

# 题秋夕江帆图

一帆向东去，孤雁上空灭。

隐隐远渚现，悠悠云水夕。

2022 年 9 月 17 日凌晨 4 点 27 分。

# 题秋江图（二）

沙鸥高不去，芦花开无心。

登楼数①江天，烟波虚②月明。

2022 年 9 月 18 日凌晨 1 点 50 分。

①数：观赏指点，感慨万千之意。

②虚：遮掩。

# 题空亭图

秋雨无声色，晚烟绕数层。

落雁片帆过，新月满空亭。

2022 年 9 月 20 日凌晨 1 点 48 分。

# 题梅月图（一）

月明滋生欣然意，花香暗流悦轻盈。

梅以独恋疏影斜，欲共和靖①销此魂。

2022 年 9 月 21 日凌晨 2 点 16 分。

①和靖：宋诗人、梅痴林逋，后人称和靖先生。

# 题草堂秋晚

深怜一宵梦，相望三千重。

别来两寂寞，永夜立秋风。

2022 年 9 月 25 日凌晨 1 点 35 分。

# 题秋江夜别

芦花夜月归棹声，遥岸空林见佛灯。

枫烟秋深带霜红，雁起渡头别老僧。

2022 年 9 月 26 日下午 2 点 37 分。

# 题柳烟落花图

柳荫栖短篷，烟水隔桥东。

落花本无意，纷纷都随风。

2022 年 10 月 15 日下午 1 点 30 分。

# 晚归图

晚归满夕阳，山浮遥望深。

幽鸟往自飞，流水折空音。

山月一点白，星稀万里心。

梦回总乡关，无端泪湿襟。

2022 年 10 月 15 日下午 4 点画余即成。

# 题松壑登眺图

云山满目气潇潇，瑞霭舒浮隔尘嚣。

登眺诗从空处得，笔落心海起波涛。

2022 年 10 月 24 日下午 5 点 59 分。


# 题月下独吟

山高水远行冉冉，白发秋风又一年。

长夜诗梦谁可对，明月曾照故人来。

2022 年 10 月 24 日晚上 8 点 50 分。

# 题秋山归来

菊花杖头夕阳中，野渡桥边古寺钟。

行到秋山刚一半，归来已是满身红。

2022 年 10 月 24 日晚上 10 点 33 分。

# 题溪山秋行图

溪山秋深碧苍苍，上有虬松千尺长。

村烟隔路落空外，白云一缕拂夕阳。

秋色清绝无远近，枫林行来满目新。

拾叶拈尘作诗题，揽月归去觉前身。

2022 年 10 月 25 日中午 11 点 6 分。

# 题桃源图

桃源本无源，仙境亦无仙。

尘世多造化，真意在人间。

四季花开谢，光阴实可贵。

迢递好风光，江山代代传。

2022 年 10 月 25 日下午 4 点 10 分。

# 题秋江望月图

试拈白发已过半，几度修来云水缘。

秋风江上旧时月，照归浮生又一年。

2022 年 10 月 25 日下午 5 点画余即成。


# 题江帆夕照图

临流乘兴忘归路，探花寻旧诗欲香。

寂寂啼鸟传清音，迟迟江帆送夕阳。

2022 年 10 月 25 日晚上 8 点 16 分。

# 题野荷图

一宵故梦落秋水，半生笔墨入云烟。

写此忽闻野花香，六法①扫尽自悠然。

2022 年 10 月 26 日午夜 0 点 50 分。

①六法：指中国画的各种技法。

# 题梅月图（二）

独占墙头扶月上，袭人花香三两枝。

一笔收尽鸿蒙外，朵朵笑迎老画痴。

2022 年 10 月 26 日上午 10 点 30 分。

# 题观山图（二）

云生引鹤栖，花落意无极。

兴来看山色，穷途<sup>①</sup>听野溪。

郁郁古木苍，萧萧气冥然。

此心何着处，适坐谢<sup>②</sup>尘埃。

2022 年 10 月 26 日下午 2 点 20 分画余即成。

①穷途：行到路的尽头。
②谢：谢绝，远离尘嚣的意思。

# 题江州送别图

秋水南雁多，棹声似离歌。

次第渔火起，初月藏烟波。

握别问前途，引北千里远。

片言复又重，愁绪满江州。

2022 年 10 月 27 日下午 1 点 47 分。

# 立冬

江上孤雁一片心，几经飘零犹艰辛。

秋风扫落人间事，只笑游子空浮名。

2022 年 11 月 7 日下午 3 点 5 分。

# 题山寺秋云图

山寺风光最好秋，老僧夕阳空山幽。

无喜无悲不记年，时看闲云挂壁流。

2022 年 11 月 7 日午夜 11 点 37 分画余即成。

# 题好秋图

向晚日暮落浮丘，到处看山好寻秋。

身老更适云水间，十万画稿著白头。

2022 年 11 月 8 日晚上 9 点 15 分。

# 题山水清晖图

墨沉含宿雨，色浅吐清晖。

着意不在多，笔空见翠微。

2022 年 11 月 9 日凌晨 2 点 45 分。

# 题无边秋色图

一片云山乃旧情，叶落黄花是知心。

林空烟散秋无边，风满清溪月满岑。

2022 年 11 月 9 日下午 2 点 33 分。

# 看山图

看山归来原有缘，幽胜未穷却无尽。

笔底云水洗凡骨，开卷气挹故园心。

2022 年 11 月 9 日晚上 9 点画余得此。

# 题青山千里图

绿水碧波一心收，千里风月雁行秋。

我经意匠写青山，青山处处是乡愁。

2022 年 11 月 9 日晚上 10 点 36 分。


# 题夕阳野寺图

尘外松溪访仙踪，夕阳野寺更数峰。

黄花点点笑俗客，不识老僧真面容。

2022 年 11 月 12 日晚上 9 点。

# 题竹溪图

竹秋隐绿深，溪白流清韵。

花枝虚相依，乡思满空亭。

丹青艰难计，诗成泪欲倾。

江湖心虽远，难舍家山情。

2022 年 11 月 12 日晚上 9 点 30 分。

# 仿石涛罗汉图并题

欣对翠壁看落花，吟风穿云访仙家。

雾霭终日竟不开，飘然拂袖吞烟霞。

2022 年 11 月 12 日晚上 10 点 37 分合十敬记。

# 古寺晓钟图

疏枝花落板桥风，野柳掩映一孤篷。

山水有幸藏古寺，烟波无恙听晓钟。

2022 年 11 月 13 日中午 11 点 45 分。

# 题秋声图

借得云山入画堂，移来夕阳一片新。

拟写红叶解乡愁，添上几点听秋声。

2022 年 11 月 14 日凌晨 1 点 41 分画余即成。

# 作六祖造像敬题

心如秋水身如云，白发①浮尘一点轻。

他年也学狮子吼②，恭听六祖说坛经③。

2022 年 11 月 14 日晚上 9 点 21 分合十敬记。


①白发：这里指岁月积累的过程，亦指人生经历。
②狮子吼：佛菩萨讲法之譬喻。
③六祖：禅宗六祖。坛经：指《六祖坛经》。

# 题江舟夜雨图

丝丝秋雨丝丝柳，处处乡关处处愁。

最怕归途一夜雨，江阔雁低近孤舟。

2022 年 11 月 14 日晚上 10 点 5 分画余即成。

# 题江山奇胜图卷

咫尺出奇胜，一卷展八荒。

振臂扫青冥，气吞日月光。

江河著笔头，五岳凌苍茫。

上下纵千年，登高共此望。

2022 年 11 月 15 日凌晨 1 点 33 分。

# 题古寺图

林间野花溪间风，云外古寺江外空。

老僧寻常不易见，暮烟深处传晚钟。

2022 年 11 月 16 日凌晨 1 点 11 分。

# 题无限江山图

千里风雨寄诗情，无限江山入画魂。

恰到人间正好时，诚向盛世绘丹青。

2022 年 11 月 16 日晚上 10 点 20 分画余即成。

# 题梅月图（三）

一枝疏香夺清魂，几度寒风更坚定。

花开无意留明月，朵朵淡墨不染尘。

2022 年 11 月 17 日下午 1 点 50 分。

# 题梅竹清供图

竹瘦拂秋影，梅疏入梦清。

执意著岁寒，时供解乡魂。

2022 年 11 月 17 日下午 2 点 2 分画余偶得。

# 观吴兴公钓隐图

放棹秋水空余晖，远渚乱草接翠微。

江头明月照无眠，万点波光一雁飞。

2022 年 11 月 18 日中午 11 点 30 分。

# 题秋荷图

青灯夜雨故梦深，江湖十年一舟轻。

万亩秋荷半轮月，露水风物最动人。

2022 年 11 月 21 日凌晨 4 点 13 分画余得此。

# 题秋江归雁图

远峰迷离近峰青，一江秋光芙蓉新。

眼前归雁如旧识，点点携来乡关情。

2022 年 11 月 21 日凌晨 4 点 35 分画余即成。

# 题幽谷临溪图

闲步入幽谷，脱履临溪湍。

夕阳一杯暖，雁落带风寒。

新月斜挂迟，素岩烟缠绵。

深壑远利名，恬淡心自安。

2022 年 11 月 24 日晚上 8 点 50 分画余得此。

# 题楚江归帆图

晚来月初上，天气正入寒。

世事熬头白，名利失心安。

水远关山长，雁孤落群飞。

帆入楚江暮，一去再难归。

2022 年 11 月 25 日下午 6 点 35 分画余即成。

# 题孤山图

一卷画成诗一篇，无法无心①胜谪仙。

此身孤独不足愁，老去一丘伴山眠。

2022 年 11 月 26 日上午 10 点。

①无法无心：没有标准的某一种技法，心中没有杂
念和欲望。

# 题芙蓉

老我闲身杖，诗心草木稠。

为问芙蓉岸，最忆南池<sup>①</sup>秋。

2022 年 11 月 27 日晚上 7 点 40 分画余得此。

①南池：记忆里童年时代的村南池塘。

# 题归秋图

寒山白日双雁去，暮江青丝一棹归。

拈向秋水岂无意，招取明月对榻眠。

2022年11月28日午夜0点10分画余题赠岭南老友。

# 拟青藤道士①梅月图

绕阁竟夜风乍冷，墨池高寒问②青藤。

拈将一片清凉月，只缘百丈雪后春。

2022 年 11 月 28 日凌晨 2 点 30 分。

①青藤道士：明著名书画家徐渭。
②问：学习、讨教。

# 题秋山访友图

苍藤作云杖，自寻野溪头。

鸡犬过桥响，访客踏水流。

丛石映花好，修竹嘉木幽。

东篱淡芳寂，夜露清泚秋。

2022年11月28日晚上9点46分画余题赠苏北友人。

# 题江月图

雨过汀花白，风急岸草斜。

烟起迷远波，停棹送晚霞。

笙箫声飘忽，灯火渔人家。

新竹遮古寺，江月隔青纱。

2022 年 12 月 1 日下午 3 点 30 分。

# 题竹报平安图以赠北京友人

常忆去年别，关情寄笔端。

君心虚却直，风姿比琅玕①。

应念孤旅苦，喃喃梦里见。

不羡万户侯，只求身平安。

2022 年 12 月 2 日上午 8 点 40 分。

①琅玕：形容竹之青翠，亦指竹。

# 题江舟送别图

登临适来秋江潮，心海浪向千里遥。

折枝南柳送归客，数片落霞一舟飘。

2022 年 12 月 2 日下午 6 点 18 分。

# 题孤云晓月图

万里风尘作一息，千山叠浪去绵绵。

孤云行到无尽处，独看晓月雁字回。

2022 年 12 月 2 日晚上 7 点 59 分。

# 采莲图

一揽云水帆几片，眼收青山竹千竿。

夕阳分明荡微波，共待暮歌送采莲。

2022 年 12 月 3 日早上 7 点 20 分。

# 作芙蓉图赠兰州老友

芙蓉相看听秋风，与君三年两度逢。

笔底落花随流水，尚留心头一点红。

2022 年 12 月 3 日晚上 7 点。

# 题太古云山图

净心望月入太古<sup>①</sup>，几曾乘风出尘楮<sup>②</sup>。

一点水墨非偶然，四面云山吾草庐<sup>③</sup>。

2022 年 12 月 4 日凌晨 3 点 10 分。

①太古：远古时代。

②尘楮：道、佛家人士指人间红尘。出尘楮：从人间红尘中走出来。

③草庐：指画堂。

# 云表奇峰图

寒空渺渺然，星河苍莽间。

半生画堂冷，一卷诗成难。

笔恣不染尘，墨气挹董关。

云断造穷境<sup>①</sup>，奇峰表空外。

2022年12月4日凌晨3点50分，看世界杯兴趣正
浓时作。

①穷境：无穷之境界。

# 白云青山图

白云无心真白云，青山不老自青山。

太虚片尘无墨痕，一空渺然见天籁。

2022 年 12 月 4 日清晨 6 点 33 分。

# 黄山云松图

到此如梦非梦间，苍岩巨巇不计年。

奇松屈蟠舞广袖，三千莲花云中开。

2022 年 12 月 4 日中午 12 点 26 分。

# 题访友图以赠衡阳画友

晚晴访旧友，哀蝉声里秋。

但送衡阳雁，魂销夕阳舟。

衡阳雁归迟，夕阳去难留。

对吟似旧年，一醉忘千愁。

2022 年 12 月 4 日晚上 10 点 23 分。

# 风雨牧归图

远坡翠竹雨纷纷，近岸烟柳已难分。

牧童踏水自从容，迎风一笛指家门。

2022 年 12 月 6 日凌晨 2 点 53 分。心情大好，我就像图中的牧童，在风雨中从容优雅地回家。

# 秋江归帆图

雁过秋声杖头风，目送归帆带乡容。

为此唤起故梦长，隔岸怅看暮云峰。

　　2022 年 12 月 6 日凌晨 3 点 40 分，一边看足球赛，一边作画、喝茶、抽烟，又写几句题画诗，不知时光如何流逝也。

# 题望月图

欲借窗前月，为君照我心。

离思半日长，夜夜梦里寻。

2022 年 12 月 6 日凌晨 4 点 15 分。

# 题水墨山水

自怜白发浸笔墨，应是身老厌浮名。

一生怀抱能几回，肯将病骨付画魂。

2022 年 12 月 6 日下午 6 点 26 分。

# 题八大山人残山图

萧斋坐寒风，尺素破鸿蒙。

禅心有诗骨，开门笑尘踪。

披图染野色，放笔扫迹空。

残山拂遗恨，留得家国梦。

2022 年 12 月 9 日凌晨 2 点 52 分。